Se necesita un padre

Jeanne Allan

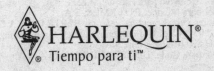

HARLEQUIN®
Tiempo para ti™

NOVELAS CON CORAZÓN

Editado por HARLEQUIN IBÉRICA, S.A.
Hermosilla, 21
28001 Madrid

I.S.B.N.: 84-396-8753-2
Depósito legal: B-8652-2001
Editor responsable: M. T. Villar
Diseño cubierta: María J. Velasco Juez
Fotomecánica: PREIMPRESIÓN 2000
C/. Matilde Hernández, 34. 28019 Madrid
Impresión y encuadernación: LITOGRAFÍA ROSÉS, S.A.
C/. Energía, 11. 08850 Gavá (Barcelona)
Fecha impresión Argentina:14.8.01
Distribuidor exclusivo para España: M.I.D.E.S.A.
Distribuidor para México: INTERMEX, S.A.
Distribuidores para Argentina: interior, BERTRAN, S.A.C. Vélez
Sársfield, 1950. Cap. Fed./ Buenos Aires y Gran Buenos Aires,
VACCARO SÁNCHEZ y Cía, S.A.
Distribuidor para Chile: DISTRIBUIDORA ALFA, S.A.

Capítulo 1

S AM! ¿Dónde estás? Ven un momento. ¿Me has oído?

Addy meneó la cabeza con tolerancia. En aquel cálido día de julio las ventanas de la vieja casa victoriana estaban abiertas, y sin duda todo el mundo en Ute Pass habría oído a Emilie llamando a gritos a su oso de peluche. Addy escogió un afilado bisturí para cortar una fina tira de la bola de arcilla de polímero para la cuenta que estaba haciendo.

–Yo soy Sam. ¿Quién eres tú y para qué me quieres?

En aquella casa donde solo vivían mujeres, la voz profunda y varonil que contestó a Emilie asustó a Addy. Alarmada, Addy salió corriendo al descansillo de la segunda planta.

Al otro lado del descansillo, su sobrina Emilie estaba sentada en el último escalón de las escaleras.

–Tú no eres Sam, tonto. Sam es mi oso de peluche –dijo Emilie entre risas.

–¿Será quizá el jovencito que he visto tirado en el porche? –le preguntó la voz con gravedad.

Addy se adelantó apresuradamente para poder ver al hombre misterioso. Estaba de pie delante de la puerta y llevaba una cazadora echada por encima de un hombro, unas cuantas revistas debajo del brazo y un maletín negro de cuero bueno. A los pies tenía una bolsa de lona. Vestía un par de vaqueros algo desteñidos que le ceñían las caderas y las largas piernas. Addy no lo había visto en su vida, pero el corazón le dio un vuelco cuando el hombre cerró la puerta de entrada con naturalidad.

–¡Lo ha encontrado! –Emilie se puso de pie y corrió escaleras abajo.

–¡Emilie, espera! –Addy le dijo en tono severo mientras corría hacia las escaleras ella también–. ¿Qué te he dicho de hablar con extraños?

La niña de cuatro años se detuvo obedientemente y se volvió a mirar a su tía.

–Tengo que ir por Sam –sonrió de nuevo y señaló hacia la puerta de la casa–. Él dice que es Sam.

Addy ignoró al hombre.

–Es un extraño, y sabes de más que no debes hablar con extraños. Vuelve aquí ahora mismo.

–Addy –gimió Emilie–. Quiero a Sam.

–Arriba. Ahora mismo.

Emilie subió las escaleras de mala gana. La pequeña de mejillas rosadas y ojos azules soltó una lágrima. Se detuvo delante de Addy y golpeó con el pie en el suelo, cubierto por una alfombra oriental que cubría el rellano y el pasillo del primer piso.

–Sam cree que eres mala.

–A Sam tampoco le gusta que hables con extraños –dijo Addy–. Lávate la cara y ve a la sala a leer un rato. Y, Emilie, quédate ahí hasta que vaya a buscarte. Te lo digo en serio; no te muevas de la sala. Yo me ocuparé de Sam.

De ambos, pensó Addy mientras se preparaba para hacer frente al hombre que había entrado en la casa tan descaradamente.

Con el afilado bisturí en la mano Addy bajó las escaleras despacio, sin quitarle ojo al intruso. Aquel hombre poseía una agresividad impropia de un vendedor a domicilio de libros o de productos de belleza.

Tenía el pelo castaño claro y peinado con raya al medio, un estilo que favorecía su corte de cara.

La artista que Addy llevaba dentro apreció el contraste entre el rostro delgado y el mentón cuadrado y fuerte. De algún modo, las ondas ligeramente rebeldes de sus cabellos, los labios carnosos y los ojos de mirada intensa le daban un aire tierno y sensual.

Mientras bajaba las escaleras, Addy percibió en su mirada una mezcla de rabia y hostilidad que la llevó a detenerse bruscamente cuando estaba casi llegando al pie de las escaleras. El hombre pestañeó y cualquier rastro de emoción abandonó su mirada de ojos azules.

–No es como me la imaginaba –dijo él mientras la estudiaba con calma–. Las probabilidades de que una timadora tenga pecas deben de ser mínimas, aunque quizás usted lo conseguiría –su mirada penetrante la recorrió despacio, deteniéndose en los pies descalzos–, si dejara el disfraz de pitonisa y se decidiera por una imagen más típicamente americana.

Addy se irguió e intentó ignorar que aquel desconocido acababa de hacer una referencia realmente insultante a la blusa azul y la falda verde de volantes que llevaba puestas.

–No nos interesa lo que quiera vendernos. Si piensa que puede convencer a la señora Harris para que le entregue lo que lleva toda su vida ahorrando, está equivocado. Hannah tendrá ochenta años, pero es demasiado espabilada como para dejarse engañar por alguien como usted.

Él arqueó una ceja.

–¿Y por usted?

A Addy le extrañó el comentario.

–No sé quién es usted, pero ha entrado sin permiso en...

–Soy Sam Dawson. El doctor Samuel Peter Dawson –inclinó la cabeza apenas–. Me pusieron Peter de segundo nombre por mi abuelo, Peter Harris, esposo de Hannah Harris.

–Ah, entonces es usted uno de los nietos de Hannah –dijo Addy aliviada.

Por eso su cara le había resultado tan familiar. Addy ignoró los fuertes latidos de su corazón y esbozó una sonrisa de disculpa.

–Lo siento, no sabía quién era, y como ha entrado así

me ha asustado. Hannah no ha regresado del club de bridge. Creo que ha llegado demasiado temprano. A mí ella no me dijo que fuera a venir.

–Ella no lo sabía. Quería darle una sorpresa –hizo una pausa–. Y usted, me imagino que es Adeline Johnson.

–¿Quería pillarme por sorpresa?

–No quería que desapareciera de repente.

Addy frunció el ceño, sin saber a qué se refería con aquello.

–¿Y por qué iba a desaparecer?

–Desaparecer antes de que una familia calcule lo que está ocurriendo debe de ser lo primero que aprende a hacer una timadora.

–Lo que está ocurriendo –repitió al tiempo que empezaba a entender lo que pretendía decirle aquel hombre–. Parece estar acusándome de algo, señor Dawson. ¿Por qué no se deja de rodeos y me dice exactamente lo que se supone que he hecho?

Él sonrió y le mostró unos dientes blancos y bien colocados.

–La honestidad resulta tan encantadora. Casi admiro su estilo, Adeline.

–Llámeme señorita Johnson.

Una sonrisa tan llena de odio no debería tener el poder de afectar tanto a los demás, por muy bonita que resultara.

Sam Dawson dejó la cazadora sobre el respaldo de una silla y la miró con frialdad.

–Señorita Johnson –se inclinó sobre el maletín, lo abrió y sacó un papel de una carpeta–. Lea esto.

La carta mecanografiada iba dirigida al doctor Samuel Peter Dawson. Addy la leyó en voz alta.

Vi su dirección en el escritorio de Hannah, y como no sabía cómo ponerme en contacto con su madre decidí hacerlo con usted. Le escribo para contarle algo que creo que la familia de Hannah debería saber. Han-

7

*nah ha acogido en su casa a una mujer muy extraña y a
una niña que la mujer dice que es su sobrina.*

Addy se estremeció.
—Continúe —le instó Sam.
Addy respiró hondo y siguió leyendo.

*Hoy en día uno se entera de casos tan horribles
nada más abrir el periódico, y Hannah es tan confiada.
El marido de Hannah le dejó una fortuna considerable
y su casa está llena de antigüedades. Creo que algún
miembro de la familia de Hannah debería investigar a
esta mujer.*

Muy enfadada, Addy le devolvió la carta.
—No me hace falta. Todo esto es mentira.
Al pasarle la carta Addy vio el nombre de la persona
que la había escrito. Empezaron a temblarle las piernas
y pensó que iba a caerse. El bisturí se le escapó de entre
los dedos inertes y fue a caer al suelo de tarima. Addy
se apoyó contra el pasamanos, dolida y sobrecogida.
¿Cómo podía esa mujer mayor a la que consideraba su
amiga escribir tales maldades?
—Cora McHatton —dijo Addy con voz trémula mientras miraba las rosas que esa misma mañana había cor-
tado del jardín de Cora—. No puedo creer que Cora...
Pensaba que me tenía cariño.
—Cora conoce a mi abuela desde hace más de cincuenta años.
—Jamás pensé que sintiera algo así.
—No tengo idea de cómo había usted planeado des-
plumar a mi abuela, pero ya puede dar el plan por fraca-
sado, señorita Johnson. Saldrá usted de aquí inmediatamente.
Addy apenas lo escuchaba, distraída como estaba
mientras intentaba entender por qué Cora se había comportado así.
—Me pregunto si estará empezando a sufrir de de-

mencia senil. La semana pasada se dejó las llaves dentro del coche, pero no pensé que fuera algo tan extraño. Todo el mundo se despista de vez en cuando.

–Es usted buena. Debería habérmelo imaginado. A la abuela no se la engaña tan fácilmente.

El sol de media tarde se filtraba por los cristales emplomados de la puerta, proyectando sombras azules, rojas y verdes sobre el rostro de Sam Dawson. Addy se estremeció. El nieto de Hannah había cruzado el país por una tontería escrita por una mujer mayor que era evidente que chocheaba. Y había ido para echar a Addy de la casa. Y también a Emilie. Por el bien de su sobrina, Addy decidió que no debía dejarse intimidar por aquel hombre.

–Debería haber llamado a Hannah. Ella podría haberle dicho que las cosas que ha insinuado Cora no son ciertas.

–Dudo que Hannah tenga idea de lo que usted está tramando.

–¿A diferencia del listo de su nieto? –Addy se apoyó en el pasamanos para ponerse derecha–. Juraría que Hannah me comentó que se había doctorado, pero debo de haberle entendido mal. Solamente un idiota sacaría una conclusión tan precipitada sin tener ninguna prueba.

Addy abrió la puerta y buscó el oso de Emilie en el porche. Cuando Addy volvió a entrar, Sam Dawson seguía en el mismo sitio. Pasó junto a él y siguió hasta las escaleras, ignorando su presencia.

–Señorita Johnson –dijo en un tono tan desapasionado como su mirada–, es evidente que piensa que ha congraciado tan bien con mi abuela que creerá cualquier cosa que diga usted.

Addy hizo un esfuerzo para que él no viera reflejados en su rostro las dudas y temores que la asaltaban. Se volvió muy sonriente.

–Sí, así es, así que si pensaba que podía venir hasta aquí a imponernos su presencia, y que yo caería de rodillas reconociendo mi error y rogando clemencia, se ha equivocado.

Se volvió con un movimiento exagerado y corrió escaleras arriba.

—Señorita Johnson.

El tono seco hizo que se detuviera cuando ya tenía la mano sobre el pomo de la puerta de la sala de estar. Addy se acercó al pasamanos, se inclinó y lo miró con expectación.

—¿Sí? ¿Quiere disculparse por llamarme timadora?

Sam la miraba de manera inexpresiva, pero incluso desde aquella altura, Addy percibió en su mirada una dureza implacable que amenazaba con proporcionarle problemas.

—Me quedaré con mi abuela durante las tres semanas siguientes. Usted se marchará de aquí antes que yo.

Addy controló el miedo y la rabia que le produjeron sus amenazas.

—Qué curioso —apoyó los brazos en el pasamanos y lo miró con interés—. Hannah es una mujer inteligente, que no cesa de decir lo genial que es usted. No sé cómo ha logrado engañarla durante todos estos años.

Addy consiguió no cerrar la puerta de la sala de un portazo. Cuando uno vivía en la casa de otra persona no hacía esas cosas. Por muy grande que fuera la tentación.

—Qué descaro el de mi nieto al pensar que soy una idiota —dijo Hannah muy enfadada—. A veces los jóvenes me ponen mala. Tú no —le dijo a Addy—, sino los papanatas que creen que uno no es capaz de pensar a partir de cierta edad —miró alrededor de la enorme mesa de trabajo a las otras tres señoras que junto con ella formaban la clase de manualidades que Addy impartía los miércoles por la mañana—. ¿Podéis creer que mi sobrino piensa que Addy está detrás de mi dinero? Y no solo me lo dijo a mí, sino que la acusó a ella directamente —asintió con la cabeza al oír a las otras decir que no.

—Los niños —dijo Belle Rater en tono indulgente mientras ordenaba un colorido montón de lazos y ribetes.

—Te quiere mucho, querida —declaró Cora McHatton—. Solo está intentando protegerte.

Hannah se puso derecha y miró con indignación a su amiga de setenta y siete años.

—¿Quién se lo ha pedido? Yo, desde luego, no.

—¿Quién escribió la carta? —preguntó Phoebe Knight, dejando por un instante el papel que estaba cortando.

—No lo sé —Hannah no le dio importancia a la pregunta—. Me niego a dignificar algo tan difamatorio tomándome la molestia de leerlo —hizo una mueca—. Supongo que debería haberme enterado de quién lo ha escrito para decirle lo que pienso. ¿Lo sabes tú, Addy?

Addy se sintió incómoda. No le había dicho nada a Hannah sobre la carta, pero cuando Hannah sacó el tema Addy pensó que la mujer sabía quién la había escrito. Incluso pensaba que lo había sacado para reprender a Cora sin acusarla directamente.

—¿Por qué no se lo preguntas después a tu nieto?

—Porque te lo estoy preguntando a ti —le respondió Hannah en tono seco—. Está claro que piensas que la verdad me va a molestar, pero no me gusta que mis amigos me traten como si estuviera senil.

Addy tenía la cabeza ligeramente inclinada, concentrada en extender bien el pegamento sobre la cáscara de huevo que estaba decorando.

—Cora —murmuró sin levantar la cabeza.

Ninguna de las que estaba a la mesa estaba sorda. Tres pares de ojos furibundos se volvieron a mirar a la obesa viuda. Avergonzada, la mujer miró a Addy.

—Yo no escribí la carta al nieto de Hannah. ¿Por qué diantres me acusas de tal cosa, querida?

—Sam, es decir, el doctor Dawson, me enseñó la carta.

Cora se echo hacia delante y le dio unas palmadas a Addy en la mano.

–Estoy segura de que la carta te molestó, querida, y quizá por eso leíste mal la firma.

–Estaba a máquina –Addy se limpió el pegamento de los dedos.

–Bueno, tú lo has dicho, querida –dijo Cora–. Yo no sé escribir a máquina.

Las otras mujeres empezaron a proferir insultos contra el alborotador que había llevado a Sam hasta allí utilizando aquella carta como señuelo, ensuciando la reputación de Addy y escondiéndose tras el nombre de Cora.

–Sam habría tirado a la basura una carta anónima –Phoebe dijo con gravedad–. Utilizando el nombre de Cora el o la culpable consiguió que la carta fuera creíble. Solo nos queda preguntarnos qué pretendía la persona que escribió la carta.

–Vosotros habláis mucho de vuestros nietos –Addy le dijo despacio a Hannah–. Tal vez alguien utilizara la carta para conseguir que el doctor Dawson viniera a verte a Colorado.

–Quieres decir que he estado quejándome demasiado de ser vieja e inútil –Hannah rechazó la negativa de Addy–, y alguien ha querido hacer de buen samaritano –se quedó pensativa un momento–. Alguien que sabe que Sam es una persona racional. No creo que sepa mucho de arte.

Las cuatro mujeres se volvieron a mirar a Addy. Con timidez, esta se llevó la mano al colorido collar en forma de mariposa que le colgaba del cuello.

–Siempre que te miro tengo ganas de sonreír –le dijo Cora.

Addy miró con recelo aquellos ojillos color turquesa.

Belle, con su camiseta de tigre y sus pendientes de aro color naranja, añadió:

–Addy es una artista. No es una calculadora pegada a un ordenador conectado a un tubo de ensayo, como Sam.

–Sam solía apreciar cualquier cosa o a cualquiera que se saliera de lo común –Hannah suspiró–. Antes le habría divertido la idea de que alguien como Addy fuera mi compañera de piso.

–Tal vez Sam no se preocuparía tanto, querida, si Addy no se vistiera con tantos colorines... –la voz de Cora se fue apagando.

–Tonterías –chilló Belle–. Addy es tan alegre y risueña como su vestimenta. No hay razón por la que ella tenga que ajustarse a los gustos de las personas de miras estrechas.

Phoebe salió en su defensa también.

–Olvidad la manera de vestir o las joyas de Addy. El problema es que algunas personas creen que una joven artista soltera con una niña a su cargo debe llevar una vida pecaminosa y depravada.

Las demás mujeres mayores asintieron con tristeza. Cansada de que hablaran de ella como si no estuviera delante, Addy dijo en tono seco:

–No sé cuándo tengo tiempo de vivir esa vida de pecado que quieren colgarme. Entre cuidar de Emilie e intentar sacar el dinero suficiente para vivir, ni siquiera tengo tiempo de hacer amistades.

–Por supuesto que no –Hannah dijo en tono tranquilizador–. Casi todo el mundo en la ciudad sabe que estás educando a la niña de tu hermana.

–El otro día rectifiqué a Judith, la de la tienda de comestibles, cuando te llamó madre soltera –añadió Belle con orgullo.

–Judith siempre ha sido una imbécil –resopló Phoebe.

Addy miró a las mujeres con gesto sonriente, aunque le entraran ganas de llorar.

–No sé lo que Emilie y yo haríamos sin vosotras. Sois tan buenas amigas.

–A mí me parece –dijo Phoebe– que una mujer joven y guapa como tú necesita amistades mejores que las de cuatro viejecitas como nosotras.

–No seas tonta. No necesito...

–Phoebe tiene razón, hija –la interrumpió Cora–. No nos necesitas –Cora miró a sus compañeras con los ojos brillantes y alertas–. Lo que necesita Addy es un marido.

Después de rezar con Emilie y de darle un beso de buenas noches a su sobrina, Addy se acurrucó en un viejo sillón que había en su sala de estar. Hannah siempre le decía que ella y Emilie debían considerar aquella casa su hogar y que debían compartir la planta baja con ella. Al mismo tiempo, y sabiendo que todo el mundo necesitaba su intimidad, Hannah le había cedido las habitaciones más grandes a Addy y Emilie: un dormitorio con cuarto de baño y una sala de estar contigua. Addy y Emilie habían trasformado la sala en dormitorio y el dormitorio lo utilizaban de sala de juegos, sala de estar y taller de trabajo de Addy.

Addy echó la cabeza hacia atrás y suspiró. Debería estar trabajando en ese momento. El dueño de una galería de arte en Colorado Springs la había llamado la semana anterior diciéndole que se le habían terminado las piezas de joyería que Addy le había llevado. Las ventas de Addy aumentaban considerablemente en verano, cuando vendía muchos más collares y pendientes de colores que durante otra época del año. Además, el hecho de que aquel día le hubiera llegado una carta informándole del saldo de su cuenta bancaria era otra razón más para ponerse a trabajar.

Pero Addy no podía dejar de pensar en lo que había dicho Cora de que necesitara un marido. Para horror de Addy, las otras tres mujeres de su clase de manualidades habían secundado inmediatamente la propuesta de Cora. Incluso Phoebe, una soltera empedernida, había declarado que Addy necesitaba un marido.

Emilie no necesitaba un padre; ni siquiera a su padre biológico. Addy solo sabía tres cosas de él. Que era rico, que estaba casado y que era un canalla. Ni siquiera sabía su nombre. La madre de Emilie, su hermana Lorie, siempre se había negado a contarle ese detalle a su hermana mayor. Hacía ya dos años que Lorie se había llevado el secreto a la tumba tras decidir que no merecía la pena vivir y suicidarse tomándose un bote entero de somníferos.

Solo quedaban Addy y Emilie, pero las dos formaban una familia. Ni Addy necesitaba un marido, ni Emilie un padre.

Un sinfín de temores y angustias que Addy había ahogado durante todo el día salieron a la superficie. ¿Y si el nieto de Hannah la convencía de que Addy no era la compañera adecuada para ella? ¿O peor aún, de que Addy no era la persona adecuada para enseñar manualidades en el centro social? Addy no podría mantener a Emilie solamente de lo que sacara de vender sus creaciones. Un año más, pensaba mientras apretaba dentro del puño un pequeño talismán de madera, y después Emilie pasaría la mayor parte del día en el colegio, y así Addy podría volver a dar clases a tiempo completo.

Debería haber supuesto que aquella situación era demasiado buena como para durar. Sin duda el doctor Samuel Dawson había criticado el carácter de Addy, su estilo de vida y su forma de vestir delante de Hannah. Addy había conseguido evitarlo desde su primer encuentro, sobre todo pasando tiempo fuera de la casa. Esa noche y la anterior, Addy había salido a cenar con su sobrina mientras Hannah y su nieto comían los platos que Addy había preparado y congelado después. Pero como su economía no le permitía seguir comiendo fuera, pensó que tendría que dar la cara tarde o temprano. ¿Y por qué no? No tenía nada que ocultar.

Alguien llamó con fuerza a la puerta que daba al pasillo. Addy dejó caer el talismán al suelo y corrió a ver quién era antes de que Emilie se despertara. Cuando abrió la puerta vio al nieto de Hannah con el bisturí en la mano.

–Se dejó esto abajo.

Había ido a echarlas. Pero ella no se lo pondría fácil.

–¿No tiene miedo de que lo utilice con usted mientras duerme?

–Gracias, Sam –dijo él–. De nada señorita, Johnson.

Addy ignoró la lección de educación.

–¿Qué es lo que quiere?

Aunque Addy no lo había invitado a pasar Sam entró a la sala de estar. Se volvió despacio y asimiló todo lo que había en la habitación con sus sagaces ojos azules. Viejas fotos de familia, ilustraciones de Emilie, el vestido de boda de la abuela de Addy, y acuarelas pintadas por la madre de Addy cubrían las lujosas paredes pintadas de morado de la habitación.

Sam Dawson estudió detenidamente la foto de una etérea belleza rubia con un angelical bebé de ojos azules en brazos.

–¿Su sobrina y la madre de la niña?

–Sí.

–No se parece mucho a su hermana.

Con cuidado, Addy dejó el bisturí sobre la cómoda que tenía más cerca. Si seguía con él en la mano, le entrarían ganas de utilizarlo. Le arrebató la fotografía de las manos y limpió sus huellas del cristal y el marco con la túnica que llevaba puesta antes de devolver la foto a su sitio. No permitiría que la intimidara. Había que enfrentarse a las cosas y no había más.

–Ella se parecía a la familia de mi madre y yo a la de mi padre.

Al ver que hacía una mueca como lamentándose de que no se pareciera a su madre también, Addy le hizo un comentario no demasiado discreto para que se largara de allí.

Pero él siguió husmeando por la habitación. Se detuvo delante de uno de los cuadros de su madre, examinó los irregulares manchurrones de pintura y seguidamente se inclinó para leer el nombre de la artista.

–Lily Johnson. ¿Su hermana?

–No.

–¿Alguien que no podría pintar ni una bolsa de papel, y que accidentalmente comparte su mismo apellido?

–Mi madre pintó el cuadro que usted está mirando con tanto desprecio.

–¿Y por qué no me lo ha dicho antes?

–Mi habitación, mis cuadros, mi hermana, mi madre y todas las demás cosas de mi vida no son asunto suyo.

Él hizo caso omiso a su observación.

–Es usted peor que una urraca. Un psiquiatra se relamería con esta habitación tan desordenada y lo que eso dice sobre la inseguridad de quien la ocupa.

–No soy insegura. Y esta habitación no está desordenada; tiene un ambiente cálido y acogedor.

–Está desordenada, llena de trastos chillones, y es un ataque al sistema nervioso. ¿Por qué no se deshace de parte de esta basura?

–Me encantaría. Empezando por usted.

Pisó una pelota, unas ceras y una muñeca que había en el suelo y se sentó en una de las butacas. Entonces le señaló la otra.

Addy pensó en negarse, pero estaba claro que había preparado un discurso y que no se libraría de él hasta que le dijera lo que tuviera en mente.

–Siéntese. Quiero hablar con usted.

Rechazó el asiento que él le estaba señalando y se sentó en el sofá.

–Cora no me escribió esa carta –dijo.

–Vaya noticia.

–La abuela cree que es usted quien dice ser.

–Pero usted no.

–Esperaré a tener más datos antes de decidirme. Mi abuela, sin embargo, no solo la cree, sino que está preocupada por usted. ¿Hay alguien que la esté molestando, señorita Johnson?

–A diferencia de usted, yo no voy por ahí ofendiendo a nadie.

Con deliberada lentitud la recorrió de arriba abajo con la mirada; al terminar la miró a los ojos con expresión burlona.

–Me cuesta creerlo.

Addy se puso de pie de un salto.

–No hay razón para que Hannah se preocupe por mí, así que buenas noches, señor Dawson.

Él estiró las piernas y se recostó sobre el respaldo.

–La abuela quiere que la vigile en estas semanas, para protegerla.

–No quiero que se acerque a mí, y no necesito protección. No hay razón alguna por la que Hannah deba preocuparse por mí. Algún entrometido decidió que sin duda era hora de que algún miembro de la familia de Hannah se molestara en venir a verla, y yo he recibido el dudoso honor de ser el cebo.

Él puso mala cara y la miró con el ceño fruncido.

–¿Acaso está acusando a mi familia de tener a mi abuela abandonada?

Addy no estaba dispuesta a echarse atrás.

–Hace nueve meses que conozco a Hannah y en ese tiempo no ha recibido ninguna visita de ningún miembro de su familia, ni tampoco ha hecho ella ninguna. Emilie Phoebe y yo pasamos el día de Navidad con ella. «Nosotras» –dijo con énfasis– no teníamos ningún otro sitio a dónde ir ni nadie con quién pasar las vacaciones.

Por un instante a Addy le pareció ver que Sam Dawson se sonrojaba ligeramente. Pero al momento se dijo que se lo debía de haber imaginado.

–Mis padres estrenaron una obra en Florida y a la abuela ya no le gusta el ajetreo y el bullicio de estar entre bastidores. En cuanto a mis hermanos, Harry estaba en África y a Mike le tocó hacer una guardia en el hospital el día de Navidad –añadió con tranquilidad–. Yo estaba muy ocupado intentando recaudar fondos para una pequeña empresa de puesta en marcha en California.

–Qué vidas tan ajetreadas –se burló Addy–. Hannah

tiene ochenta años. ¿Estaréis todos demasiado ocupados para venir a su funeral?

Sam Dawson entrecerró los ojos y la miró fijamente.

–Lo hizo usted –le dijo lentamente–. Usted escribió la carta.

Capítulo 2

L A ABSURDA conclusión a la que había llegado
Sam Dawson le dejó sin habla.

—Está loco. Total y absolutamente loco. ¿Por qué
razón iba yo a haber escrito esa carta?

—Es más lista de lo que creí al principio. Estoy seguro de que el bienestar de mi abuela ha sido lo último
en lo que ha pensado. ¿Qué pasó? ¿Acaso los vecinos
empezaron a preguntarse por qué de repente se le había
ocurrido a Hannah meter en su casa a una joven y a su
niña? Escribirme una carta sería una maniobra brillante
por su parte. De ese modo yo vendría, vería que usted y
Emilie estaban viviendo inocentemente en el primer
piso de la casa de mi abuela, las proclamaría inofensi-
vas y me volvería a casa –hizo una pausa–. Se vería libre para manipular y estafar a mi abuela todo su dinero,
segura de que yo ignoraría cualquier otro aviso que viniera de aquí.

—Debería estarle agradecida de que al menos, aunque
me crea una estafadora, piense que soy lista y genial.
Lo cual es mucho más de lo que puedo decir de usted.
Sigo buscando alguna señal de esa genialidad de la que
Hannah no deja de hablarme, pero no veo nada. Phoebe
piensa que Judith Jones es una loca. No quiero ni imagi-
narme lo que diría de usted.

—¿Phoebe Knight? ¿Será ella su víctima siguiente?

Addy tenía ganas de agarrarlo del pescuezo.

—Phoebe se ha pasado cincuenta años trabajando
como secretaria en un despacho de abogados. Me
apuesto a que se mezcló en todo tipo de chantajes,
chanchullos y desfalcos –mintió, sabiendo que Phoebe

no sería capaz ni siquiera de cruzar la calle con impru-
dencia–. ¿Quién sabe la pasta que se habrá guardado?
Por supuesto, tendría que ser o increíblemente inteligente o todo lo contrario para pensar que podría engatu-
sar a Phoebe –como sabía que Sam Dawson se marcha-
ría cuando le diera la gana a él, Addy se sentó de nuevo
en el sofá–. Uno más bien pensaría en tratar injusta-
mente a Cora McHatton o a Belle Rater.

–Aunque Belle Rater quedó muy mal cuando vendió
el hotel familiar a aquella cadena de hoteles, creo recordar que tiene una hija que es abogada en Denver. Me
imagino que no le llevó tiempo descubrir que, aunque
Cora viva cómodamente, no es tan rica como algunas
personas creen. Su marido era conocido por aceptar po-
llos, hortalizas y obras de arte de aficionados –miró de
soslayo hacia uno de los cuadros de Lily–, en lugar de
cobrar a sus pacientes más pobres.

A Addy, que pensaba que la viuda del médico estaba
forrada, a menudo le irritaban los pequeños ahorros de
la mujer. Decidió que desde entonces se mostraría más
paciente y comprensiva. Con Cora, por supuesto. Addy
no tenía paciencia para las visitas no deseadas.

–Si no deja de estrujarse ese raquítico cerebro inven-
tándose razones criminales que expliquen por qué estoy
viviendo aquí, va a acabar herniándosele. Será mejor
que se largue a Boston antes de que empiece con los do-
lores de cabeza.

–Usted será la que se largue, no yo.

A pesar de utilizar un tono coloquial, la amenaza
quedó bien patente.

Addy tragó saliva.

–Yo no me voy a ninguna parte. Hannah confía en
mí.

Su lenta sonrisa no tenía nada de cálida.

–¿Si ella tuviera que escoger entre usted y yo, a
quién cree que escogería? Adeline, usted y esa niña se
marcharán a finales de esta semana.

–No me llame Adeline.

Su sonrisa la irritaba. Se preguntó quién le habría dicho que tenía que llevar siempre camisas azules del mismo color que sus ojos.

—A finales de semana, señorita Johnson —miró a su alrededor antes de volver de nuevo a ella—. Con todos estos cacharros que tiene aquí, será mejor que empiece a hacer el equipaje ya. Cualquier cosa que se deje la donaré a la primera tienda de segunda mano que vea.

—No voy a dejarme nada aquí porque no me voy a ningún sitio. Mis condiciones de vivienda son entre Hannah y yo, y no tienen nada que ver con usted.

—Ni siquiera le pediré que pinte de nuevo estas horribles paredes moradas, pero tampoco le devolveré ningún dinero por el alquiler.

—No hay dinero de alquiler.

—¿No paga un alquiler mensual?

—No pago alquiler.

Al ver que Sam se ponía tenso Addy se dio cuenta de que Hannah no le había mencionado a su nieto todos los detalles.

—Me interesaría —empezó a decir despacio— saber cómo sucedió eso exactamente.

La había acusado de todo, desde entrometida a artera. Alguien debía explicarle al doctor Samuel Dawson que nadie le había nombrado encargado de tomar las decisiones que a él le parecían las adecuadas en nombre de los demás. Addy lo miró directamente a los ojos.

—La idea fue suya.

—Lo dudo.

—Contrató a Mary para que viviera con su abuela. Mary vivía por y para los culebrones de la tele y Hannah estuvo a punto de volverse loca.

—Le compré a Mary un aparato de televisión para su dormitorio —dijo él.

—Casi lo que más le gustaba a Mary de los culebrones era comentarlos después. Afortunadamente, decidió que su hija la necesitaba y se fue a vivir a Durango.

—Ninna no veía culebrones.

–Ninna pensaba que cualquier persona de la edad de Hannah debía de estar ciega, decrépita, sorda y tonta. Gritaba a Hannah, la trataba con condescendencia y se quejaba continuamente hasta que a Hannah le dieron ganas de estrangularla.

–La abuela merece que la mimen un poco –dijo él.

–¿Que la mimen? –aunque él no soltaba prenda, Addy sabía que estaba avergonzado–. Puso campanillas en el pomo de la puerta de Hannah para saber cuando se levantaba. Y ni siquiera la dejaba salir a dar un paseo si llovía, hacía viento, demasiado calor o demasiado frío.

–Yo mismo eché a Ninna –dijo en tono molesto.

–Porque lo molestaba, llamándolo todos los días por teléfono para contarle chismes de Hannah. Inmediatamente la sustituyó por Ethel.

–¿Y qué tenía Ethel de malo? –la desafió él–. Era una encantadora y simpática mujer de mediana edad que...

–Que hablaba y hablaba y hablaba sin parar. Y de nada interesante –Addy se estremeció visiblemente–. De las otras señoras que contrató solo sé de ellas lo que me han contado, pero Ethel solía venir a mis clases de manualidades con Hannah.

–La abuela nunca se quejó a mí de Ethel. Ni siquiera sabía que la hubiera echado hasta que llegué aquí.

–¿Echarla? –Addy le dijo con sorna–. Como si Hannah fuera capaz de echar a alguien contratado por usted. Casó a Ethel con Pete Browne, a quien le gustaba cómo cocinaba Ethel. Hannah dijo que así podría quitarse el audífono.

–Si me está acusando de obligar a mi abuela a compartir su casa con acompañantes incompatibles... –hizo una pausa antes de continuar en tono mesurado–. La abuela no tendría más que haberme dicho que la mujer no le parecía aceptable.

–¿Igual que le dijo que no quería ni necesitaba que nadie viviera con ella?

–La abuela tiene ochenta años –una par de ojos azules la miraron con frialdad–. Yo no la obligué a contratar a una acompañante. Simplemente le sugerí que la familia se quedaría más tranquila si tuviera a alguien.

Addy asintió.

–El chantaje emocional es de lo más efectivo.

Él se levantó bruscamente.

–Tiene dos días para salir de aquí. Empiece a empaquetar sus cosas.

Se equivocaba al pensar que podría intimidarla fácilmente. Addy se puso de pie muy despacio.

–Por favor salga de esta habitación –dijo muy enfadada–. Es la mía y no me gusta que esté aquí.

–Quizá haya sido capaz de obligar a mi abuela a que abandonara su cuarto, pero yo no soy una débil mujer de ochenta años. Quiero que salga de esta casa dentro de dos días.

Addy luchó contra el cansancio que empezaba a sentir. Después de pasar tantos años de la casa de un familiar a la de otro debería saber ya lo peligroso que era sentirse en casa de otra persona como en su propia casa. Addy se sintió de pronto desesperada. Emilie se sentía feliz allí con sus nuevas amigas y su familia de prestado.

–Hannah y yo hemos hecho un trato verbal. Necesita una orden judicial para echarme –no tenía ni idea de si lo que estaba diciendo era cierto o no–. Si quiere que me marche tendrá que sacarme usted mismo.

–Bien –puso los brazos en jarras y echó una rápida mirada a su alrededor–. Empezaré con esto.

Agarró un objeto de la mesa más cercana, cruzó la habitación, abrió la ventana que daba al porche y lanzó el pequeño objeto al exterior.

Addy se quedó inmóvil unos segundos. Después se dio la vuelta, bajó corriendo las escaleras y salió de la casa, ajena a la voz impaciente y a las atronadoras pisadas que la perseguían. Cayó de rodillas y empezó a tantear el suelo a su alrededor. Pero no encontró nada más que hierba.

–Levántese. No lo encontrará ahora que está oscuro

–un par de manos fuertes la agarraron por los brazos y la levantaron–. Maldita sea, podría haberse roto una pierna bajando las escaleras como lo ha hecho. ¿Es que se ha vuelto loca?

–Suélteme.

Necesitaba una linterna. Volvió corriendo a su habitación y buscó la linterna rápidamente. Cuando la encontró salió de la habitación sin hacer ruido y cerró la puerta para que Emilie no se despertara. Pero la linterna no tenía pilas. Addy se apoyó contra la puerta, cerró los ojos y respiró hondo.

–¿A qué demonios ha venido todo esto?

Addy abrió los ojos al oír la voz de aquel hombre tan cerca de ella. Debía de medir al menos un metro ochenta. Su presencia irradiaba hostilidad, allí de pie con las manos en jarras y las piernas separadas. Addy pensó que lo odiaba. A él y a sus camisas azules a juego con el color de sus ojos.

–¡Fuera!

Él frunció el ceño aún más.

–No me moveré de aquí hasta que me diga por qué se ha puesto así por un palo.

–Salga de aquí antes de que llame a la policía y le denuncie por... –Addy buscó la palabra adecuada– malos tratos.

–¿Por tirar un palo viejo por la ventana? –dijo con una mezcla de irritación y confusión.

Addy sintió que estaba a punto de echarse a llorar de rabia, pero decidió controlarse. Jamás se había refugiado ni utilizado las lágrimas como arma.

–No era un palo viejo. Era una pinza de la ropa.

–¿Y se ha vuelto loca por una pinza de la ropa?

–Cuando la casa de mi bisabuela ardió, solo consiguió salvar un gato y unas cuantas pinzas de la ropa que había en la cuerda del patio. Esa pinza no es una pinza cualquiera –Addy tragó saliva con dificultad; le había tirado por la ventana su pinza de la suerte, la que le daba fuerza y esperanza.

Un coche viejo pasó por delante de la casa, renqueando cuesta arriba; una ligera bocanada de humo entró por la ventana.

–Supuse que era algo que se había encontrado la niña. La buscaré por la mañana –vaciló un momento–. Si una pinza de la ropa de su bisabuela significa tanto para usted, comprenderá por qué me siento obligado a hacer lo mejor por mi abuela.

–Lo que usted piensa que es lo mejor para ella no es necesariamente lo mejor.

–Hace treinta y cinco años que conozco a mi abuela. Creo que sé más de sus necesidades que una extraña. Aunque no sea usted una timadora, a mi abuela no le hace falta el estrés de tener que ceder una parte de su casa a una niña y a una mujer como usted.

–¿Una mujer como yo? –le preguntó Addy en tono seco.

Él miró a la habitación.

–Usted no es lo que se dice una persona apacible. Mire cómo está su habitación, cómo viste, su estilo de vida...

–¿Qué sabrá usted de mi estilo de vida?

Él la miró pensativamente.

–Tiene el rostro más expresivo que he visto en mi vida. A las actrices les gustaría saber cómo consigue transmitir tanta información y tanta emoción con la mirada –una leve sonrisa se dibujó en sus labios–. Como lo está haciendo ahora mismo. Está indignada y sorprendida –entrecerró los ojos–. Y atemorizada –dio un paso hacia ella–. ¿Le doy miedo, Adeline? ¿O acaso está ocultando algo que teme que descubra?

–No le tengo miedo ni a usted ni a nada –mintió.

Estaba demasiado cerca de ella.

–Sus ojos me dicen que está asustada, pero hay también rebeldía en su mirada –le agarró la cara con las dos manos–. E interesada.

El timbre sensual de su voz le hizo estremecerse de pies a cabeza.

–No lo estoy.

Cuando lo miró a los ojos y vio tanta intensidad y sensualidad en su mirada, se le aceleró el pulso. De pronto sintió unas ganas tremendas de besarlo y se quedó sorprendida. Sam Dawson quizá fuera apuesto, con ese cabello castaño claro y esos ojos como los de Paul Newman, pero tenía el corazón de piedra.

Y unos labios cálidos.

Por primera vez Addy entendió a lo que se había referido su hermana cuando solía hablar de cómo una mujer podía sentirse atraída por el hombre equivocado. Cediendo a la suave presión de su boca, Addy separó los labios. Se agarró a la camisa y notó el calor de su piel a través de la fina tela de seda.

Él levantó la cabeza.

—Son esas malditas pecas. Engañan a un hombre y le hacen olvidar lo peligrosa que es usted.

—¿Peligrosa?

Addy le perfiló la barbilla con el dedo. Un hombre con un mentón tan fuerte tenía que reírse del peligro.

Él le agarró el dedo con una mano grande y cálida.

—Olvídelo.

—¿Olvidar el qué?

Sus labios, a pocos centímetros de los de ella, la tenían hipnotizada.

—El intentar seducirme para que cambie de opinión; no me excitan las mujeres que utilizan el sexo como baza para negociar.

Las duras palabras consiguieron por fin disipar la niebla que le obnubilaba la mente.

—No tengo intención de negociar con nadie —dijo en tono calmado, aunque le temblaran las piernas bajo la túnica—. Es evidente que no quiere razonar ni hacerle caso a su abuela, sino que se guía solo por su ego, y sabiendo dónde está localizado el ego de tantos hombres... —se encogió de hombros—. Si un par de besos iban a conseguir que dejara en paz a su abuela, me pareció ridículo no hacerle el favor. Es usted el que dice que Hannah no debería sentirse estresada.

–También soy yo el que le estoy dando dos días para que salga de aquí. Y, Adeline, si en lugar de hacer la maleta quiere pasarse dos días intentando hacerme cambiar de opinión... –dijo en tono ligeramente divertido–. Pues adelante. Quizá no me oponga a comprobar si su estilo de vida teatral va más allá de su vestimenta y la decoración de sus habitaciones.

–Qué lástima que mis principios no caigan tan bajo –respiró profundamente antes de continuar–. Si me voy a mudar o no depende de Hannah, pero como estamos de acuerdo que estas son mis habitaciones, al menos durante los dos días siguientes, quiero que salga y que no vuelva a entrar –Addy se dio la vuelta–. Si hace el favor de excusarme, necesito ir a lavarme la cara para limpiarme los gérmenes que haya podido pegarme.

Addy cerró la puerta del cuarto de baño y se agarró al borde del lavabo. El muy cretino, arrogante...

Se miró al espejo y vio que el cabello castaño le caía sobre los hombros, aunque no recordara que él le hubiera soltado la trenza.

A pesar de los prejuicios de Sam, su beso había sido suave y apasionado. No, no quería pensar en eso. Si no hiciera tanto tiempo que no la había besado un hombre, recordaría que otros besos habían sido también maravillosos. Sam Dawson no era el único en el mundo que besaba de aquel modo tan especial.

–Estás actuando como una adolescente enamorada, Addy Johnson.

Actuando. Abrió un poco el grifo de agua fría para humedecer la toalla de la cara. La madre y el padre de Sam Dawson eran actores. Hannah le había dicho que si Sam no se hubiera dedicado a lo que se dedicaba, habría llegado a ser un actor muy premiado.

Había estado actuando. No la había besado con sentimiento. Tan solo había intentado abrir una brecha en sus defensas porque quería que se fuera de allí. Era un cretino, un egoísta y un engreído, que pensaba que se iba a acostar con él antes de marcharse.

Marcharse. Addy se sintió de repente desamparada. A Hannah le gustaba tener allí a Addy y a Emilie, ¿pero sería su complacencia lo suficientemente fuerte como para rebatir los vehementes deseos de su nieto? Hannah decía que quería a sus tres nietos por igual, pero Addy había oído suficientes historias como para tener claro que su favorito era Sam.

Recordó todas las cosas que Hannah le había contado. Se había doctorado en Químicas antes de cumplir los treinta años. Entre aceptar la oferta de trabajo de una importante empresa farmacéutica, y la de ayudar a un catedrático de universidad jubilado a montar una empresa de biotecnología, había elegido la última opción. El darse cuenta rápidamente que los científicos no sabían de negocios lo llevó por otros caminos. Las horas que Sam dedicaba a la investigación se vieron reducidas mientras hacía un máster en administración de empresas, y acumular así los conocimientos suficientes para aconsejar a su antiguo profesor de universidad.

Dos años atrás, después de diagnosticarle un cáncer de próstata, el catedrático vendió su empresa y se jubiló definitivamente. Sam rechazó las atractivas ofertas que le habían hecho los nuevos directivos de la compañía y había montado su propia empresa, ofreciendo sus servicios como consultor a otras empresas de biotecnología. Su visión para los negocios, combinada con su doctorado en Químicas, le hacían extremadamente atractivo a los ojos de las cientos de pequeñas empresas de biotecnología que surgían por el mundo entero.

El trabajo, la dedicación y la fuerza de voluntad lo habían llevado hasta donde estaba. Pero esas virtudes no influirían en favor de Addy.

Había dos fotografías colgadas a los lados del espejo; una de Lorie y otra de Emilie, ambas cuando eran bebés.

—Pelearé —Addy dijo en voz baja—. Sabes que haría cualquier cosa por Emilie. Si tengo que rogarle a Hannah que nos deje quedarnos, lo haré –dijo mirando la foto de su hermana.

En cuanto al doctor Samuel Dawson, no pensaba volver a dirigirle la palabra.

Cuando salió del baño, se encontró a Sam Dawson en el sofá de la sala de estar con Emilie acurrucada en su regazo.

–¿Qué estás haciendo fuera de la cama, jovencita?

–Addy –Emilie sonrió encantada–. Sam estuvo aquí cuando era pequeño. Se quedó con su abuelita cuando era como yo.

–Se llama doctor Dawson –le dijo Addy.

–Sam –Emilie se incorporó y le sonrió beatíficamente–. Tú tienes que ser el hombre Sam, porque este –levantó su oso de peluche– es el oso Sam.

Se acurrucó contra Sam y él la abrazó instintivamente.

Emilie era demasiado pequeña para saber que a veces tras una amable sonrisa se ocultaba un monstruo. El dolor que sentía Addy se trasformó en rabia al ver la hipocresía de Sam.

–Emilie –dijo en tono seco–. Se supone que deberías estar en la cama. Vamos, vuelve inmediatamente.

–Quiero que me lleve Sam –exigió Emilie.

Antes de que Addy pudiera negarse, él se puso de pie con Emilie en brazos.

–Su coche está listo, alteza. Indíqueme dónde están sus aposentos.

Emilie se echó a reír.

–Qué payaso eres. Me caes bien.

El dolor se intensificó. La habilidad de cautivar a todos los hombres de entre dos y doscientos años no le había acarreado a Lorie nada más que problemas. A Addy la preocupaba que Emilie saliera a su madre. Increíblemente, la niña de ojos azules y cabellos rubios había derretido el hielo de aquella mirada y suavizado los ángulos de aquel rostro de facciones duras. Pero Addy no se lo tragaba. Estaba actuando de nuevo.

Addy retiró la colcha y Sam depositó a la niña en la cama. Addy la arropó y se agachó para darle un beso en la mejilla.

—No quiero volverte a ver hasta mañana por la mañana —dijo, fingiendo enfado.

Emilie le echó los brazos al cuello con fuerza.

—¿Estás enfadada, tía? —la niña le dio un ruidoso beso en la cara—. Pero yo te quiero...

—Yo también te quiero, rubita. Ahora duérmete.

—Pero antes quiero un besito.

—Ya te lo he dado.

—No tú —Emilie soltó a su tía y estiró los brazos hacia Sam—. El hombre Sam.

Sam le dio el beso y salió de la habitación detrás de ella.

—Chica lista.

—Sí. Buenas noches.

Le dio la espalda y rezó para que la dejara en paz. Había otros lugares adonde podría mudarse, otros trabajos. Pero no pensaba hacerlo. Le gustaba vivir con Hannah, le gustaba dar clases en el centro social. Addy respiró hondo y se puso derecha. No iba a dejar que nadie la amilanara, ni siquiera Samuel Dawson.

—Debería vender algunos de estos cachivaches y comprarle a la niña un pijama decente —dijo Sam.

—Tiene pijamas de sobra —Addy se volvió—. De acuerdo, se los compré en una tienda de segunda mano, pero están nuevos. De todos modos, se empeña en dormir con esa vieja camiseta que era de su madre, aunque ni siquiera se acuerde de ella. Emilie no tiene nada de su madre aparte de unas cuantas fotos, esa camiseta y el viejo oso de peluche —se le escapó una lágrima que rodó por su mejilla—. ¿Cree que es lo mismo que tener una madre?

—Su padre...

—No tiene padre. Su madre firmó unos papeles. A cambio de una considerable suma de dinero mi hermana prometió no divulgar jamás el nombre de su amante ni pedirle más dinero.

–No me parece que pudiera ser una suma de dinero tan grande si tiene que comprar en tiendas de segunda mano y vivir en las habitaciones de la casa de una señora mayor. O bien se lo gastó a lo tonto.

El que Loraine hubiera despilfarrado el dinero en California antes de suicidarse no era asunto de Sam Dawson.

–Sí, me lo pasé de maravilla. Me alimentaba de caviar y champán. Vivía en áticos de lujo. Tal vez me haya conocido en un momento de mala suerte, pero espero empezar a ganar dinero muy pronto.

–¿Tiene pensado ganar la lotería?

–¿Acaso ha olvidado mi plan para estafar a Hannah y a sus seniles amigas?

Él se la quedó mirando.

–A veces uno debe tener cuidado al interpretar los datos. La mujer que yo creía que era no se habría echado encima la responsabilidad de educar al hijo de otra persona –se acercó un poco a Addy.

–No sea ingenuo. Emilie es mi gran baza. Un minuto con ella y ha caído en sus redes.

–Es imposible que sea una timadora de éxito –dijo–. Divulgando sus técnicas y poniéndome sobre aviso.

–Al contrario, soy muy ingeniosa. Mi sinceridad le ha resultado tan agradable que ahora está convencido de que soy totalmente inofensiva.

Se puso delante de ella y le colocó la mano en la mejilla.

–Dudo que pueda ser totalmente inofensiva.

La indignación y otro sentimiento, algo que no era capaz de identificar, hirvió en su interior–. Si soy tan peligrosa será mejor que vuelva a Boston antes de que lo desplume a usted.

–No me preocupa –le retiró un mechón de pelo de la cara–. ¿Quién eres, Adeline? La ropa estrafalaria y las paredes moradas me dicen una cosa. La vieja pinza de la ropa y estos cacharros, otra. También está la mujer que compra en tiendas de segunda mano y que le pone parches a una vieja camiseta por amor. ¿Quién eres de todas ellas?

Ella le apartó la mano de la cara.

—Pensé que el brillante doctor Dawson tendría todas las respuestas.

—Hay demasiadas preguntas para que uno tenga todas las respuestas. Siempre me han intrigado los rompecabezas. Y tú, Adeline, me desconciertas.

—Eres tan fácil de engañar como tu abuela.

—La abuela no es en absoluto fácil de engañar. Por cierto, me he enterado de que Emilie llama abuela Hannah a mi abuela.

—¿Preferirías que la llamara señora Harris?

—Te viniste a vivir aquí para que Emilie tuviera una abuela.

—No seas estúpido. Mi último casero me subió tanto el alquiler que no pude seguir pagándolo. Hannah sabía que si no se traía a vivir con ella a alguien de su elección, le meterías a otra cretina. Hannah no es familia nuestra. Es mi casera. Vivo aquí, hago la compra y preparo la cena, y conseguimos respetarnos mutuamente.

—La abuela me dijo que a menudo ella y Emilie echan la siesta juntas. No te molestes en negarlo. He visto cuentos infantiles en el dormitorio de mi abuela.

—¿Y bien?

—Vivir aquí debe resultarte conveniente, pero debe de ser terrible para tu vida social.

—Mi vida social está perfectamente, gracias.

La agarró de los antebrazos al ver que iba a darse la vuelta.

—¿Cuándo fue la última vez que tuviste una cita?

—¿Y a ti qué te importa? ¿Tú, que vuelves locas a tu madre y tu abuela porque nunca les haces caso a las bellas damas que tu madre te presenta?

Sam la miró sorprendido.

—Maldita sea mi estampa —sonrió sin humor y le apretó un poco los brazos—. La idea de la carta fue tuya, de mi madre y de mi abuela. Ahora lo veo claro.

Addy suspiró largamente.

–Ahora acusarás a todos los habitantes de Ute Pass de conspirar contra ti. Aunque no entiendo por qué nadie haría eso.

–¿Ah, no? ¿Qué te parece para casarme? Contigo, por ejemplo. He oído esa queja que acabas de repetir sobre mi soltería de labios de mamá y la abuela cientos de veces. Llevan planeando casarme desde que cumplí los treinta.

–Ese es tu problema, no el mío.

–Con esa carta tú eres ahora mi problema. Está claro que los planes de boda te parecieron bien. Educar a una niña pequeña y luchar tú sola para pagar todos los gastos... Casarte con alguien como yo debió de ser la respuesta a tus plegarias.

–Eres la persona más torpe y arrogante que he conocido –Addy se soltó de él–. Has pasado demasiado tiempo metido en un laboratorio. Algo debe de haberte afectado el cerebro.

–Convénceme de que estoy equivocado.

–Aunque me molestara en hacerlo, que no me pienso molestar, intentar convencer a un cabezota ignorante como tú sería una pérdida de tiempo.

–La abuela me dijo con mucho interés que ella y sus amigas van a buscarte marido, pero dice que tienes en mente un posible compañero. Es mentira, ¿no? –siguió hablando sin esperar respuesta–. ¿De quién fue la idea de que te hicieras la dura? ¿De mi madre, de mi abuela o tuya?

Cuando las señoras habían sacado el tema de que necesitaba un marido, ella había dejado caer que tenía novio.

–Bueno, me dijeron que conocían algunos hombres disponibles. Y por eso yo... No sabes nada. Cuando esas mujeres deciden que una mujer necesita casarse, se vuelven incansables y creativas. Y yo ya me veía en la iglesia vestida de blanco –Addy dejó de hablar al ver el escepticismo en su rostro–. Si hubieras visto el empeño que pusieron para casar a Ethel no me estarías mirando de ese modo.

–Entérate de algo, señorita Johnson. Independientemente de lo que diga mi madre, ella no sabe nada de mi vida social. Salgo con todas las chicas que quiero, y cuando quiera casarme será con una de mi elección, no con alguien que haya elegido mi familia. Y pongo la mano en el fuego de que no será una gitana pecosa y estrafalaria con una familia ya formada –dijo en tono ofensivo.

–Quizá tenga pecas –respondió Addy–, pero al menos soy humana, que es más de lo que se puede decir de ti. Incluso tu propia abuela dice que tienes hielo seco en las venas en lugar de sangre.

–Hielo seco no.

–¿Qué? –dijo medio gritando.

–El hielo seco es un sólido. Dióxido de carbono. Se evapora sin licuarse.

–¿Crees que me importa? –gritó por fin.

–Uno siempre debería intentar ser preciso.

El tono racional de su respuesta fue la gota que colmó el vaso. Addy lo empujó al pasillo y cerró la puerta dando un portazo. Afortunadamente, Addy oyó que Sam Dawson se alejaba de allí.

Una sensación de desazón le atenazó el estómago. Lo que le había dicho Sam le reveló la cruda realidad.

–Hannah, Hannah. ¿Cómo ha podido ocurrírsete algo así?

Capítulo 3

NO LO SÉ, Addy –le estaba diciendo Hannah el jueves por la mañana–. En ese momento me pareció una buena idea.

–¡Hannah Harris! Debes de estar chocheando ya –dijo Belle con indignación.

–Vaya idea; escribirle una carta a tu propio nieto para traerlo hasta aquí –añadió Phoebe irritada.

–Pensé que Sam y Addy harían buena pareja –dijo con remordimiento.

Addy había llevado a Emilie al centro social para que pasara una hora leyendo y había visto a las cuatro mujeres charlando mientras decoraban más huevos para Navidad. Como no había nadie más en el taller de manualidades, y como ni Sam ni Emilie estaban presentes, Addy había aprovechado la oportunidad para hablar abiertamente con Hannah.

–No hace falta que os hagáis las inocentes –dijo Addy mirando a las cuatro mujeres–. Sé que estabais todas confabuladas. No he olvidado todo lo que hicisteis para casar a Pete y a Ethel.

–Son muy felices, querida –dijo Cora en tono complaciente–. Creo que Pete ha engordado desde que se casaron. Siempre pensé que Ethel era una estupenda cocinera. No digo que tú no lo seas también, querida –la miró un instante–. Hannah dice que a Sam le gusta comer bien.

–No me interesan en absoluto los hábitos alimentarios de Sam.

–Qué pena, querida. Es tan guapo. Y ya no te faltaría dinero.

–Podéis llamarme anticuada, si queréis, pero prefiero casarme por amor –Addy añadió de manera cortante.

–Mi padre siempre solía decir que es tan fácil enamorarse de un hombre rico como de uno pobre –comentó Belle.

–Lo sentimos mucho, Addy –añadió Phoebe–. Cometimos un error enviando esa carta. Todas conocemos a Sam desde que era un bebé, y quizá nos resulte difícil mirarlo objetivamente. Deberíamos habernos dado cuenta que no os convenís el uno al otro.

Addy se sintió culpable al ver a Hannah con la cabeza gacha.

–No es que no me parezca agradable tu nieto, Hannah. Estoy segura de que es un muchacho encantador –mintió–. Pero él y yo sencillamente no somos compatibles.

–Tienes razón. Abandonaremos todos los planes.

–Sí –accedió Belle–. Olvidémonos de ello y así Hannah podrá disfrutar de la visita de Sam. Lo he visto en la estafeta de correos esta mañana. Cada día está más guapo. Y qué educado.

Addy miró a las mujeres con indignación.

–¿Y ya está? ¿Escribís una carta estúpida, me metéis en un buen lío y lo único que se os ocurre decir es que en ese momento os pareció una buena idea y que nos olvidemos de ello? ¿Me permitís recordaros que el doctor Dawson piensa que yo tuve algo que ver con la confección de esa carta?

–A palabras necias, oídos sordos, querida.

Antes de que Addy pudiera acercarse a Cora y estrangularla, Belle se apresuró a añadir:

–Además, a ti no te importa lo que piense Sam. ¿No. Addy?

–Por supuesto que no. Pero me ordenó que me marchara.

–Es la casa de Hannah –dijo Phoebe–. Ignóralo.

–No me resulta agradable que me acuse de atraerlo

hasta aquí para poder cazarlo y casarme con él. Y, además, me resulta muy difícil evitar a alguien que está hospedado en la misma casa que yo.

–Necesitas un hombre, cariño.

–Cora, juro que si me lo vuelves a decir...

–Bueno, Addy, Cora tiene razón –la interrumpió Belle–. Si Sam te viera salir con otros hombres, se daría cuenta de que sus sospechas son totalmente infundadas, y todo el asunto caería en el olvido.

–Sois increíbles –suspiró Addy, dejándose caer sobre una silla de metal–. Increíbles –suspiró–. Si Maquiavelo levantara la cabeza os adoraría. Lleváis ya cuatro meses intentando juntarme con uno u otro hombre, pero yo no os lo permití, así que escribisteis al nieto de Hannah, obligándolo a dejarlo todo y a venir aquí corriendo. Él es la pista falsa, ¿no? Mientras él me molestaba y distraía, planeabais casarme con otra persona antes de que me diera cuenta de lo que estaba ocurriendo. Me cuesta creer que el doctor Dawson forme parte de vuestro plan, lo cual quiere decir que os va a matar, y yo le daré a elegir el arma. No me lo puedo creer. Vi cómo manipulasteis a Ethel y a Pete, y aun así estuve a punto de caer en vuestra pequeña trampa. ¿Cómo he podido ser tan estúpida?

–No eres estúpida, querida. Tal vez, como la mayor parte de los jóvenes, no confías lo suficiente en tus mayores –dijo Cora.

Addy miró a las mujeres.

–Y ya que sé todo sobre vuestro diabólico plan, quiero que lo abandonéis ahora mismo, ¿de acuerdo?

Las cuatro señoras asintieron al unísono.

Pero Addy no se dejó engañar ni por un momento. Una cáscara de huevo se resbaló de la mesa y se hizo añicos, regándole las sandalias rojas con trozos minúsculos de cáscara.

El abogado que había tenido Lorie le había enviado la carta con una nota de papel amarillo pegada al papel, en la que le decía a Addy que se pusiera en contacto con él si deseaba que respondiera a la carta.

Addy sabía que la carta era del amante de su hermana. Arrugó el papel y lo lanzó al suelo. Como si ella quisiera tener algo que ver con el hombre que había seducido a una joven inocente y había abandonado a una niña.

Niña. Eso era lo que llamaba a Emilie en la carta. O bien no recordaba su nombre o nunca se había preocupado de preguntárselo a Lorie.

Desde luego Addy no tenía nada de qué preocuparse. La carta simplemente pedía información acerca de Emilie. Pero Addy no tenía intención de contarle nada. Nunca le había dicho que la hermana de Lorie tenía la custodia legal de la pequeña. ¿Claro que, si jamás le había preocupado antes, por qué preocuparle en el presente? Que creyera que una pareja había adoptado a Emilie. Una pareja. Unos padres. La idea no paraba de darle vueltas a la cabeza. Cruzó despacio la habitación y se quedó mirando la bola de papel que descansaba a sus pies. Entonces su memoria la trasportó cinco años atrás.

Addy trabajaba en una escuela primaria en Colorado Springs como profesora de pintura y manualidades. Un día a la vuelta del trabajo se había encontrado a su hermana Lorie sentada a la puerta de su casa y llorando a moco tendido. Cuatro meses después, en el mes de agosto, Lorie había dado a luz a una niña, a la que curiosamente había llamado Emilie Adeline.

Dos semanas después de empezar el segundo curso, Addy volvió a casa un día y se encontró al bebé con una vecina. Lorie se había marchado a California. Addy se dio cuenta que Lorie no iba a volver, y como Emilie no paraba de llorar cuando la dejaba en la guardería, decidió pedir la excedencia para cuidar de ella. Viviendo con frugalidad, y con acceso al dinero que el amante casado de Lorie le había dado, Addy supuso que podría quedarse en casa hasta que Emilie fuera al colegio.

Cuando una Lorie impenitente decidió por fin llamar, Addy consiguió convencerla de que necesitaba algo más que su despreocupada garantía de que estaba de acuerdo conque Addy educara a la niña. A Addy no le gustaba recordar el papeleo, las visitas de las trabajadoras sociales o las veces que había tenido que presentarse en el juzgado para conseguir la custodia legal de Emilie. Para toda la vida, le había prometido su abogado.

Addy apartó las cortinas de encaje de la ventana. Temperaturas récord, había dicho el parte meteorológico. El aire olía a polvo y las casas que poblaban la colina desde donde se divisaba la autopista cercana a Ute Pass parecían deshabitadas.

Una voz grave salió de las profundidades de la vieja casona. Sam Dawson. No había encontrado la pinza de su bisabuela. Ella se había negado a aceptar sus disculpas. Solo quería que desapareciera de la faz de la tierra.

Addy recogió la carta y la abrió. Allí no decía nada de la custodia ni de los derechos de visita. Nada de lo que decía la carta debería angustiarla ni hacer que se sintiera amenazada. No tenía nada por qué preocuparse. El hombre podría tener montones de dinero y un ejército de abogados, pero no estaba interesado en Emilie.

En cambio ella amaba a la niña, y eso valía más que nada.

Addy entró despacio en la habitación donde Emilie echaba la siesta. Su sobrina no tenía juguetes caros, ni ropa excesivamente costosa. Pero eso no lo tendría en cuenta ningún juez. Muchos niños se criaban de maravilla sin demasiados caprichos. Sin un padre. Los jueces lo sabían.

Si Addy estuviera casada Emilie tendría un padre. A pesar del calor de la tarde sintió un escalofrío repentino y se frotó los brazos. A los jueces les convencían las familias convencionales. Familias formadas por un padre, una madre y unos niños. El amante de Lorie tenía esposa; tal vez tuviera otros hijos.

La niña murmuró algo en sueños. Addy amaba tanto a su sobrina que a veces le dolía. Al principio la había querido por ser hija de Lorie; pero después empezó a quererla por sí misma. Addy lucharía por la pequeña, para no perderla nunca. No decepcionaría a su hermana, le costara lo que le costara.

Esas últimas palabras se repetían como un eco en su pensamiento. Pensó en la pinza de la ropa de su bisabuela. Las mujeres Johnson hacían lo que hubiera que hacer, no se ponían a lamentarse de su suerte. Addy salió del dormitorio de puntillas. Se buscaría un marido. Le daría a Emilie la familia que necesitaba y ningún juez se la arrebataría jamás.

—Jim Carlson —la voz salió de la parte del porche que ensombrecía la parra—. Abogado, treinta y ocho años, solía jugar al béisbol como nadie. Recién divorciado, está buscando una nueva cocinera, una señora de la limpieza y una anfitriona para sus clientes. Por no mencionar una mamá para los fines de semana en los que le toca estar con sus hijos. Dicen que los adolescentes son muy difíciles.

Addy vio un colibrí pasar entre los capullos tubulares de unas flores blancas.

—Supongo que no vas a tener la decencia de entrar antes de que llegue.

—No —dijo Sam—. Jim se crió aquí y nos conocemos hace mucho tiempo. Mis hermanos y yo pasamos varios cursos escolares y la mayor parte de nuestras vacaciones aquí en Colorado con mis abuelos. No tendrás tanta prisa para estar a solas con él como para no permitirnos pasar un rato charlando de los viejos tiempos, ¿no?

Addy iba a cenar con Jim Carlson porque su nombre había sido el que había escrito en el papel que había elegido primero. Había sido el candidato propuesto por Phoebe. Cada una de ellas había escrito un nombre en un pedazo de papel y los habían metido en un tazón. Antes de sacar uno, Addy había hecho un trato con las mujeres. Había concedido a cada uno de los candidatos dos citas, después de las cuales Addy no podía prometer que continuara viéndolos si la situación se volvía insostenible. La aceptación instantánea de las cuatro mujeres la preocupaba. Sabía que había algún fallo, solo que no era capaz de adivinar qué era. La facilidad y rapidez conque las mujeres le habían concertado su primera cita no había hecho sino aumentar su angustia. Se le ocurrió que compartían las mismas preocupaciones que ella tenía por el futuro de Emilie.

El crujido de una silla de mimbre le recordó a Addy que Sam estaba allí.

—No quiero hablar de mi vida social contigo —dijo Addy.

—¿Por qué te has sumado a esta ridícula idea?

Addy necesitaba casarse por el bien de Emilie. Pero no tenía la necesidad de discutir el tema con Samuel Dawson.

—¿Qué idea?

—Permitir que cuatro señoras te escojan marido.

—Nadie me está escogiendo marido —Addy lo escogería—. Aparentemente, toda la gente de Ute Pass piensa que necesito salir y distraerme más. Cora, Phoebe, Belle y tu abuela me convencieron para que les permitiera presentarme a algunos hombres solteros de la ciudad que ellas conocen.

Una risa se burló de su afirmación y el asiento de mimbre rechinó de nuevo.

—Si este es un plan para darme celos, no funcionará, Adeline.

—Debe de ser muy cansado cargar con ese ego tan grande que tienes.

Sam salió de la penumbra; se apoyó en la barandilla

del porche cerca de donde estaba ella y la miró de arriba abajo.

–Supongo que las esposas de los abogados de las ciudades de provincias usan vestidos de cuadros rosas y blancos y collares de perlas.

Phoebe había elegido el vestido, pero Addy tenía sus dudas. El vestido de la nieta de Cora le quedaba tan ceñido que apenas podía respirar, menos aún comer. Pero no tenía intención de comentar nada de eso con Sam Dawson.

–¿No tienes nada mejor que hacer aparte de meterte conmigo?

–No. Me senté con Emilie mientras cenaba y ahora la abuela y Phoebe la están bañando. Ah, aquí viene tu príncipe azul.

Un hombre algo calvo y ligeramente cargado de espaldas salió de un coche y los saludó con la mano. Al subir las viejas escaleras del porche Addy vio que a la ropa de Jim Carlson no le iría mal un planchado. No era guapo, pero tenía los ojos cálidos y amables y aspecto de buena persona. Addy lo conocía de vista, pero nunca los habían presentado.

Los dos hombres se saludaron con la confianza de dos viejos amigos.

–Por supuesto que conoces a la señorita Johnson –dijo Sam–, puesto que la vas a llevar a cenar.

Addy sonrió a Jim Carlson afectuosamente.

–Llámame Addy.

Sam la miró y arqueó una ceja, antes de recordarle a Jim un partido de béisbol que habían jugado unos años atrás. Inmediatamente los dos hombres empezaron a recordar anécdotas del pasado. Addy se quedó allí esperando con paciencia, y sonriendo cortésmente cuando alguno de los dos hombres recordaba su presencia lo suficiente como para mirarla.

–Sí, Jimmy es el mejor jugador de béisbol de su equipo –Jim alardeó, hablando de su hijo.

–¿Tienes dos chicos? –le preguntó Sam–.¿Cuántos años tienen?

–Jimmy tiene doce...

–Casi un adolescente –Sam miró a Addy significativamente.

–Sí. Y Johnny diez –añadió Jim.

–¿Cuántos años tiene Emilie, Adeline?

Addy lo miró con rabia para recordarle lo mucho que la disgustaba que la llamara Adeline para burlarse de ella.

–Tiene casi cinco.

Jim Carlson la miró sorprendido.

–No sabía que hubieras estado casada. ¿No te resultó muy difícil el divorcio?

–Adeline nunca ha estado casada –dijo Sam.

Addy le explicó apresuradamente a Jim la relación que la unía a Emilie, antes de recordarle con discreción que habían reservado mesa para cenar.

–Dios mío, por supuesto, la cena. Oye, se me ocurre una gran idea, Sam. ¿Por qué no te vienes con nosotros? Vamos a un restaurante mejicano que está en la carretera –Jim le dio un ligero golpe en el hombro–. Te parece bien, ¿no, Addy?

–No –dijo inmediatamente–. Quiero decir, es que quise llamar a una canguro, porque a veces Emilie puede resultar difícil, y Hannah tiene ochenta años, pero Hannah me dijo que Sam estaría en casa para echarle una mano si era necesario.

–Hannah cuidó muchas veces de mí y de mis hermanos cuando éramos pequeños; se las apañará con Emilie –dijo Sam–. Además, está aquí Phoebe.

–No lo sé... –Addy se mordió el labio–. Y si una de ellas se cayera, y a la otra le diera un infarto o algo...

–Emilie iría a avisar a los vecinos. No les pasará nada.

–Pero llevas unos vaqueros viejos, Sam. Te sentirás incómodo con nosotros.

Jim se echó a reír.

–Addy, estamos en Colorado.

–Entraré corriendo a decirle a la abuela que me voy, y vuelvo enseguida. Es una idea estupenda, Jim.

Varias horas después Addy subía pesadamente las escaleras de madera del porche.

–Sí, claro, ¿no decíais que era una idea estupenda que los tres pasáramos una acogedora y agradable velada cenando juntos? –dijo con indignación mirando hacia un rincón en sombras.

–Me excusé para que pudiera darte un beso de buenas noches.

Solo un imbécil se dejaría engañar por el tono inocente de Sam Dawson.

–Supongo que le sugeriste que aparcara junto a la farola para poder espiarnos mejor.

Sin esperar respuesta, Addy entró en la casa a oscuras y subió las escaleras a toda prisa.

Emilie dormía abrazada al oso de peluche. Addy besó a la niña con cuidado para no despertarla y salió de puntillas de la habitación, demasiado inquieta en ese momento como para meterse en la cama.

La noche estrellada la animó a salir por el ventanal del segundo piso que daba a un porche. Addy fue adonde estaba la vieja mecedora.

No le llegó ningún ruido de la planta baja. Sam seguramente habría entrado ya en casa.

Addy se sentó y se relajó por primera vez en toda la noche. Hacía varios años que Addy no salía con un hombre y las normas y rituales presentes nada tenían que ver con los de sus años de facultad. Jamás había salido con un divorciado, razón por la cual había estado nerviosa durante toda la velada. El evidente nerviosismo de Jim Carlson no había hecho sino aumentar el de ella.

El único que había permanecido tranquilo había sido Sam. Addy no tenía ni idea de por qué había querido ir con ellos. Sam quizá hubiera engañado a Jim Carlson haciéndole creer que estaba allí por los viejos tiempos, pero el brillo burlón que Addy había visto en su mirada le había hecho entender que la nostalgia no tenía nada que ver con su presencia en el restaurante.

Addy cerró los ojos y se sintió deprimida. Lorie habría encandilado a Jim Carlson y se habría librado de Sam Dawson con suma facilidad. Su hermana había nacido sabiendo cómo tratar con los hombres. Lo poco que había aprendido Addy de los hombres lo había olvidado en los últimos años. No le había importado dejar a un lado su vida social por el bien de Emilie.

Pero lo que sí que le importaba era ir a la caza de un marido. Eso era. Finalmente había reconocido el origen de su malestar. Sus sueños de juventud acerca del matrimonio se habían basado siempre en el amor, no en la seguridad.

Pero ya tenía veintiocho años. Había llegado la hora de enfrentarse a la realidad. No iría a buscarla un príncipe azul. Durante cientos de años las mujeres se habían casado con los hombres por muchas razones distintas al amor. Muchos matrimonios se basaban en la seguridad. Eso sería suficiente para Addy.

¿Y para su futuro marido? Aunque no fuera capaz de amar al hombre con quien se casara, sería una buena esposa para él. Sabía que no era bella, pero tampoco pasaba del todo desapercibida a los ojos de los hombres. Su esposo tendría una buena cocinera en casa y, a pesar de que Sam Dawson opinara lo contrario, una buena ama de casa. A cambio de seguridad, ella le ofrecería compañía, lealtad y compromiso.

De debajo del porche salieron unos ruidos. Addy pensó inmediatamente en el oso que había sido visto recientemente en el vecindario, pero antes de que pudiera entrarle miedo, una cabeza morena se asomó por encima de la barandilla del porche donde ella estaba.

—Es como montar en bicicleta —dijo Sam con satisfacción—. Nunca se olvida —se encaramó un poco más y saltó por encima de la barandilla—. Harry y yo solíamos subirnos aquí para escapar de Mike cuando era pequeño. Era el niño más pesado del mundo. Cuesta creer que hoy en día sea un buen médico.

–¿Tenías que darme un susto tan grande?

–¿Es que pensabas que Jim había vuelto para atacarte?

–Por supuesto que no. No deberías apoyarte sobre la barandilla –dijo ella.

–Muy bien –la obligó a echarse a un lado y se sentó junto a ella en la mecedora–. Bonita noche.

–No me ha parecido bien –dijo Addy, refiriéndose a la velada–. Cuando Jim y tú no estabais recordando glorias pasadas, intentando ver quién de los dos superaba al otro con estúpidas historias sobre vuestra adolescencia, tú lo animabas a contarnos todos los detalles sórdidos de su divorcio.

A través de la tela de su falda larga, Addy sintió el calor del muslo de Sam pegado al de ella al balancear la mecedora.

–Nunca puede uno tener información suficiente, Adeline. Si estás pensando en casarte con ese hombre...

–Y yo nunca he dicho que vaya a casarme con él.

Empezó a soplar una brisa fresca que le levantó la falda y le puso la carne de gallina.

Sam le echó un brazo por los hombros.

–Supongo que te has estado imaginando junto a Jim, en plan pareja, sentados bajo la luz de la luna y entre sus brazos.

–Nos hemos conocido esta noche –Addy dudó que los brazos de Jim le causaran el mismo efecto que los de Sam.

Pero Sam era un cretino. Un cretino cuyos labios le proporcionaban un placer exquisito.

–Me apuesto a que Jim te habría besado. Te habría levantado la cara así y habría... –Sam agachó la cabeza.

No había sido su intención echarse a sus brazos así. Ni tampoco separar los labios al notar el leve apremio de su lengua. La mecedora chirrió cuando Sam se movió y Addy se vio rodeada por dos fuertes brazos. Sin saber por qué le rodeó con los suyos el cuello. Sus firmes pectorales le rozaron los pechos, provocándola y desatando sus deseos. Sam le agarraba la cara con sus manos firmes y cálidas mientras exploraba los húmedos rincones de la boca de Addy. Su boca sabía a café y a chocolatinas de menta. Olía a limpio. A hombre.

Abandonó sus labios para besarle ligeramente en la base del cuello, donde el pulso le latía con rapidez. Le mordisqueó con sensualidad el hombro y una inesperada sensación de erotismo la recorrió de pies a cabeza. Sam siguió besándola por el escote y le desabrochó los dos botones de arriba. Addy sintió una pesadez en los pechos y una necesidad tremenda se desató en su interior.

Él le deslizó un dedo por el escote hasta casi rozarle el pezón y Addy empezó a respirar superficialmente, deseando que Sam siguiera acariciándola.

Él fue metiendo la mano muy despacio. ¿Sentiría los latidos de su corazón? A ciegas, buscó sus labios.

–El problema es que... –dijo Sam sin dejar de besarla– Jim sigue colgado de su esposa –levantó la cabeza–. No querrás ser la sustituta de Lois, ¿verdad?

Addy se quedó inmóvil. Sam le tenía la mano metida en el escote del vestido y le acariciaba el pezón con el dedo pulgar. Ella tenía las piernas sobre uno de los muslos de Sam. La farola de la calle no iluminaba aquella parte más alta del edificio, y el pálido óvalo de su rostro se movía indescifrable delante de ella. Addy rezó para que él no pudiera verle la cara con claridad.

Entonces Addy le retiró la mano deliberadamente. No cometió el error de pensar que le había rozado el pezón sin querer al sacarla.

–¿Qué te hace pensar que no podría hacer que olvidara a Lois? –le dijo en tono de tranquilidad; retiró las piernas de encima de él y se puso de pie–. Si yo quisiera, claro.

–Tú misma has oído que no paraba de hablar de lo

maravillosa que es Lois y de cómo el divorcio ha sido culpa suya, y de lo mucho que echa de menos a los niños. Solo porque se le cayera la baba cada vez que te miraba, con ese vestido tan ceñido y esa ristra de perlas entre los pechos no quiere decir que quiera casarse contigo.

–Nadie ha dicho que quiera casarme con él –dijo con rabia.

–Sí, y yo me lo creo –respondió con sorna. La «a» de la máquina de escribir de mi abuela salta –dijo Sam con naturalidad–. Y la carta que recibí fue escrita con su máquina.

Addy lo entendió inmediatamente. Sam estaba totalmente convencido de que su madre y su abuela, con la ayuda de Addy, habían escrito esa carta para que Sam fuera a Colorado y pudiera ser un posible marido para Addy. Furioso, pero aparentemente reacio a enfadarse con su madre o su abuela, había decidido hacerlo con Addy.

Sam Dawson no la había besado porque la encontrara irresistible, sexy, o ni siquiera algo atractiva. La había besado para vengarse de algún modo que ella no lograba entender.

Addy cruzó el porche hasta el ventanal, pensando en que por muy mal que se hubiera comportado Sam Dawson, no sería capaz de perturbarla. Entró en la casa y echó el cerrojo de la ventana. Si Sam Dawson había trepado desde el porche de abajo, podría también bajar trepando.

–Más tortitas –canturreó Emilie.

–No es justo. Tu tía y tú hacéis trampas –Sam pinchó el tenedor en un montón de tortitas–. ¿Cómo puedo comer más tortitas que tú si está haciendo las tuyas más pequeñas que las mías?

Sam observó a Emilie mientras la niña se echaba sirope en las tortitas.

–¿A qué hora empieza nuestro grupo de juegos?

–¿Vuestro grupo de juegos? –repitió Addy con frialdad.

–Te dije que le leería algo a los niños hoy por la mañana.

Addy lo miró con recelo. No se fiaba ni un pelo de la simpatía de Sam. La presencia de Hannah no lo obligaba en ese momento a comportarse debidamente, ya que la abuela no estaba presente en ese momento.

Addy dio la vuelta a una tortita y deseó que le hubiera dado tiempo a ducharse antes del desayuno, pero se le había hecho tarde. El no haber dormido bien aquella noche nada tenía que ver con Sam Dawson.

Si al menos se volviera a Boston. En cambio Emilie estaba encantada con él; como si fuera un juguete nuevo. Pero Addy sabía que cuando se marchara la niña no tardaría en olvidarlo. Los niños eran así.

–Si has terminado, corre arriba y cepíllate los dientes. Yo subiré en cuanto termine de desayunar y de fregar los platos. ¿Vale?

–Vale –Emilie abandonó su asiento y fue hacia Sam–. Una, dos, tres, cuatro, cinco, seis, ocho –canturreó–. Me he comido ocho. ¿Te he ganado?

Emilie se echó a reír y salió corriendo de la cocina.

Addy puso en el plato la última de las tortitas y se sentó a desayunar. Se negaba a que le gustara aquel hombre.

–Quiero disculparme por lo de anoche –Sam tenía los codos apoyados en la mesa y agarraba la taza de café con las dos manos.

–¿Besar a una mujer por venganza es ir demasiado lejos incluso para alguien como tú?

–Me refiero a lo de inmiscuirme en tu cita. Lo de besarte no tuvo nada que ver con la venganza –pareció sorprenderlo que ella hubiera pensado eso–. Soy un hombre sano y normal. Y tú una mujer sana y normal. Había una hermosa luna llena y, naturalmente, sentimos deseos de besarnos.

Addy dejó el sirope sobre la mesa ruidosamente.

–Yo no quería besarte. Solo quería saber qué pretendías.

–Una investigación a fondo –dijo él en tono seco.

Addy no pudo evitar ponerse colorada, lo cual la irritó aún más. Besarla hasta hacerle perder la razón estaba muy mal, pero burlarse de ella a la mañana siguiente por su entusiasta cooperación resultaba totalmente despreciable.

Addy se comió un par de tortitas sin ganas.

Sam rompió el prolongado silencio.

–Emilie y tú habéis sido beneficiosas para mi abuela –dijo de repente–. Se la ve mucho más dinámica. Por mucho que me cueste reconocerlo, ahora veo que me equivoqué al contratar a esas mujeres para hacerle compañía a la abuela. Le hacían sentirse mayor. Emilie y tú hacéis que se sienta joven. Os estoy agradecido. Y para demostrarlo y demostrarte que no siento rencor por lo de la carta, voy a ayudarte.

–¿Ayudarme de qué modo? –antes de que Sam pudiera contestar, Addy se dio cuenta de lo que quería decir y lo miró con indignación–. Olvídalo. Emilie y yo no vivimos de la caridad. Nos las apañamos bien. Aquí tenemos comida y alojamiento, además de las clases que doy de manualidades en el centro social varias veces por semana. Y saco algo de dinero extra de los collares que vendo. No necesitamos ni queremos dinero ni de ti ni de ninguna otra persona –incluso a sus oídos sus propias palabras le sonaron duras y faltas de agradecimiento–. Pero gracias de todos modos –añadió tras una pausa.

Sam dejó la taza sobre el platillo y la aplaudió en silencio.

–Estupendo discurso. Ahora que te has desahogado, hablemos de mi oferta. No te voy a ofrecer dinero. Te estoy ofreciendo una ayuda práctica. La abuela dijo que las señoras están de acuerdo en que debes casarte, así que están buscando un marido para ti y un padre para Emilie.

Addy golpeó la mesa con el tenedor.

–Emilie no necesita un padre –dijo muy enfadada–. Y yo no estoy buscando marido –mintió.

–Claro que sí –se señaló el pecho con el dedo índice–. Y yo soy tu hombre.

Capítulo 4

ADDY SE quedó boquiabierta y sin fuerzas. Tres veces intentó hablar, pero no le salía la voz. A la cuarta lo consiguió.

–No lo dirás en serio. ¿Casarme contigo? –Sam puso tal cara de susto que Addy reaccionó–. Con ese humor tuyo tan inmaduro debes de tener mucho éxito en las fiestas de la empresa.

Le quitó el plato de la mesa, sin importarle que aún no hubiera terminado de comer, y tiró las tortitas y la panceta a la basura. Sintió náuseas y vergüenza por su acoso. Si se había sentido algo aturdida, era solo porque su estúpida noticia la había dejado perpleja. Ninguna mujer en sus cabales querría casarse con un tipo asqueroso, egoísta, odioso, retorcido y vengativo como Sam Dawson.

Una mano se adelantó y cerró el grifo del agua.

–Probablemente podría haber abordado el asunto un poco mejor –dijo Sam.

–Lo dudo –Addy consiguió refrenarse y meter los platos en el lavavajillas sin demasiado estrépito–. Estoy segura de que estabas buscando esta reacción en mí.

–Puedo explicártelo. Yo...

–Olvídalo –Addy salió de la cocina muy furiosa.

Hannah salió al vestíbulo.

–¿Qué está pasando? Os he oído gritar, y eso que estaba escuchando las noticias.

–Nada –Addy corrió escaleras arriba.

Sam se quedó para contarle alguna mentira a su abuela. Addy no tenía intención de decirle a Hannah que había creído, aunque solo hubiera sido por un mo-

mento, que Samuel Dawson le había propuesto matrimonio. Como si ella quisiera casarse con alguien con un
sentido del humor tan cruel.

Tal vez, por un breve instante, se había imaginado su
vida junto a Sam. Serían dos adultos para hacerse res-
ponsables de Emilie, no tendrían que pasar más penu-
rias económicas, temer que ningún juez pudiera algún
día quitarle a la niña.

No se sintió demasiado contenta al verlo apoyado
sobre el poste al pie de las escaleras cuando bajaba con
Emilie. Sam las observó con recelo.

–¿Y ahora qué? –le soltó Addy–. ¿Sientes unas ganas irresistibles de gastarme alguna broma más de tu re-
pertorio?

–Ahora tocan los juegos de grupo.

–Si piensas que voy a permitir que contamines a un
grupo de niños inocentes, estás equivocado.

–Addy –Emilie le tiró del brazo–. ¿Estás enfadada?
–le preguntó en tono triste.

–Cariño, no estoy enfadada contigo –le aseguró
Addy–. Solo es que me duele la cabeza.

Addy estaba segura de que iba a estallarle en cualquier momento.

–En ese caso –dijo Sam mientras sostenía la puerta
de entrada para que salieran–, creo que vas necesitar mi
ayuda y cooperación esta mañana.

A pesar de tener ganas de decir que no necesitaba
nada de él, Addy se mordió la lengua al ver la cara de
felicidad de su sobrina.

El Centro Social Joseph y Anna O'Brien, un sólido y
viejo edificio de dos plantas que estaba situado en el
centro de la pequeña ciudad, había sido antiguamente la
Droguería O'Brien.

Los padres de Hannah, Joseph y Anna O'Brien, habían abierto la tienda en 1924, contratando más adelante a Peter Harris como farmacéutico. Hannah decía
que nada más conocer a Peter se había enamorado de él
instantáneamente. Se habían casado y quedado con la

tienda cuando Joseph había muerto, pero siguió llamándose Droguería O'Brien. La única hija de Hannah y Peter, la madre de Sam, había elegido ser actriz, así que cuando Peter murió, Hannah donó el edificio a la ciudad junto con unos fondos para establecer un centro social.

Tras soltarle el cinturón de seguridad a Emilie, la niña abrió la puerta y se dirigió hacia el centro. Sam se quedó en la acera mirando hacia arriba, con las manos metidas en los bolsillos.

–Yo solía trabajar aquí. Fregaba los suelos, colocaba las estanterías, llevaba pedidos en bicicleta, atendía a los clientes. Harry y Mike también trabajaron aquí. Fuimos testigos de los milagros de la medicina, y también de sus fracasos –añadió en voz baja.

Addy pasó junto a él. Ya sabía por boca de Hannah que esos fracasos habían empujado a Sam y a sus hermanos a la universidad, empeñados en conocer y encontrar los caminos para luchar contra las enfermedades. Los dos hermanos de Sam habían estudiado Medicina, mientras que él se había decantado por la bioquímica.

–¡Sam! –Emilie lo llamó con impaciencia desde la puerta–. ¡Date prisa!

Emilie presentó con mucho orgullo a Sam a sus compañeros del grupo de juegos. Hollywood nunca sabría lo que se había perdido, pensaba Addy mientras lo veía interpretar los distintos personajes en la historia que les leyó en voz alta. Los niños sentados a su alrededor lo seguían fascinados.

Cuando Sam terminó de contarles el cuento, una de las madres se hizo cargo del grupo; les enseñó una canción y un baile y los niños la imitaban encantados.

Sam se acercó a ella medio tambaleándose.

–Agua, por favor –dijo mientras se llevaba las manos al cuello.

Addy le llenó un vaso de plástico y se lo pasó. Tenía los dos botones de arriba de la camisa desabrochados y veía que tenía la piel ligeramente bronceada.

–Gracias –Sam tiró el vaso de plástico en la papelera más cercana–. Y bien, en cuanto a lo de esta mañana –bajó la voz para que solo ella pudiera oírle.

–No quiero hablar de eso.

–No fue mi intención...

–¿Darme esperanzas? No lo has hecho.

Ni un bote entero de aspirinas acabaría con aquella jaqueca. Addy sonrió cuando Emilie miró hacia donde estaban ellos. Saludó a Sam con la mano y se echó a reír.

–Quería decir –Sam dijo en voz baja y mesurada–, que yo soy el hombre adecuado para ayudarte a buscar marido.

–¿Qué? –chilló Addy; varias madres se volvieron a mirarlos y Addy sonrió levemente antes de darle la espalda a Sam–. No estoy buscando marido, y si lo estuviera, no necesitaría tu ayuda –dijo en tono áspero antes de apartarse de su lado.

Sam la siguió.

–Pensé que acordamos que tú necesitabas un marido y Emilie un padre.

–Tú y yo no acordamos nada. Déjame en paz y ocúpate de tus asuntos.

Addy apretó los dientes al ver a dos madres sonriéndole significativamente, y decidió meterse en un pequeño almacén adyacente.

Sam cerró la puerta cuidadosamente después de entrar detrás de ella.

–Intenta ver tu situación con calma y objetividad.

–Lo único que quiero ver es a ti largándote.

–No me voy a ningún sitio hasta que me escuches –la agarró por los hombros y la apoyó contra unas estanterías que había de suelo a techo–. Sé que quieres casarte. Y yo puedo ayudarte.

Addy recordó la carta que el abogado le había enviado. Por mucho que le disgustara Sam, no iba a pasarle nada si lo escuchaba, y el futuro de Emilie estaba antes que su orgullo y sus prejuicios.

—De acuerdo, habla. Pero date prisa.

—¿Has oído hablar alguna vez de la sinergia? Viene de una palabra griega, y es lo que pasa cuando dos fuerzas distintas trabajan juntas. Si tú y yo trabajamos juntos podríamos crear una sinergia.

—No te necesito ni a ti ni a tu sinergia.

—Llámalo una alianza estratégica. Olvida el sentimentalismo empalagoso asociado al romanticismo y analiza tu situación. Dicho simplemente, yo me dedico a anticipar y resolver problemas. Sé cómo desarrollar tratos de negocios, cómo generar información y utilizarla adecuadamente, y tengo experiencia en cubrir posiciones clave. Y a eso tienes que añadir el hecho de que soy un hombre... —la miró sin malicia— ¿Y qué tienes?

—A un perfecto idiota que ha cometido el error de pensar que soy tan imbécil como él. Esto no tiene nada que ver con buscarme marido. Estás planeando una ridícula campaña de acoso en represalia por la carta que recibiste. Pues entérate de una cosa, doctor Samuel Dawson, no podrás reducirme a tu nivel intelectual, así que deja de obsesionarte con la venganza y vuelve a Boston de una vez.

—Me costó mucho organizar este viaje, y en la oficina saben cómo contactar conmigo, así que me voy a quedar tres semanas con la abuela.

—Quédate tres años si te parece, pero aléjate de mí y de Emilie.

—No eres capaz de olvidarte del beso, ¿verdad?

—¿Qué beso?

Él ignoró la pregunta que ambos sabían retórica.

—La abuela y sus amigas han reunido a varios candidatos, pero no han pensado en el mecanismo para escoger al que mejor se ajuste a tus necesidades.

—Tal vez se les ocurrió la estúpida idea de que quizá yo quisiera elegir. Si pensara en casarme, claro.

Sam negó con la cabeza.

—Eres demasiado emocional. En cuanto me decida sobre nuestro hombre, entonces entrará en juego mi otra área de conocimiento. Soy un hombre, así que sé lo que quieren otros hombres. Sé cómo identificar puntos de venta, cómo colocar vendedores en los mercados, y cómo hacer la presentación. Estructuraré el trato para atender las necesidades y deseos particulares de nuestro candidato estrella.

−¿Presentación? ¿Estructurar el trato? −Addy repitió molesta.

−Sí, hacer que su matrimonio contigo le resulte irresistible. Negociar. Averiguar lo que desea. Los hombres tienen gustos distintos cuando se trata de mujeres. ¿Será un hombre de colas de caballo y vaqueros, o acaso prefiere elegantes recogidos y sensuales vestidos de noche? ¿Está buscando a una madre para sus hijos, a una mujer que reciba a sus clientes, o a una bomba sexual con la que compartir su cama? Las señoras han aplaudido mi brillante idea −no se molestó en mostrar falsa modestia−. Ahora soy ya un miembro oficial del equipo.

Estupefacta, Addy cerró los ojos con fuerza y pensó que le iba a dar un ataque de histeria. Lo que más le apetecía en ese momento era gritar hasta quedarse sin voz, tirarse al suelo y patalear.

−¿Te sigue doliendo la cabeza?

Respiró hondo y al abrir los ojos vio que estaba muy cerca, mirándola con sinceridad y comprensión. Otra de sus actuaciones.

−Deja que te aclare una cosa −le espetó Addy con frialdad−. A cambio de vivir en casa de tu abuela, yo cocino, le hago la compra y los recados, además de ayudarla en tareas que le resulten difíciles. Mis deberes no incluyen entretener a su nieto −lo empujó a un lado, fue hacia la puerta y la abrió−. Y, para que lo sepas, si decido casarme, seré yo la que seleccione a mi esposo, no un comité.

Addy se dio la vuelta. La sesión de actividades en grupo de los niños había terminado y las irritadas palabras de Addy resonaron por toda la sala.

—Si hubieras visto la cara que has puesto —le dijo Sam al entrar al coche, muerto de risa.

Addy metió la llave en el contacto.

—¿Sam, por qué te ha gritado Addy? —Emilie le preguntó desde el asiento de atrás—. ¿Has sido malo?

—No, no lo he sido. Me he portado bien. No me mires mientras vas conduciendo, Adeline. Mira hacia delante.

—A Addy no le gusta que la llamen Adeline.

—¿Es eso cierto, Adeline? —se echó a reír—. Supongo que tienes razón, Emilie. Ni siquiera me escucha cuando la llamo Adeline.

Tras un largo silencio, Sam se aclaró la voz.

—Me muero de hambre —dijo con naturalidad—. ¿Qué hay para comer?

—Mi trato con Hannah no incluye prepararte la comida —le contestó Addy con frialdad.

Cuando llegaron a casa Sam preparó comida para todos. Sándwiches de ensalada de atún con pan moreno y zanahorias y naranja de guarnición. Cuando Emilie dio un mordisco al sándwich y arrugó la nariz, Sam trasformó el almuerzo en una lección de cómo se producía la digestión en el cuerpo humano, describiendo gráficamente el modo en el que el corazón bombeaba la sangre a cientos de canalillos llamados arterias. Fascinada, Emilie se lo comió todo sin darse cuenta.

—¿Te sigue doliendo la cabeza? —le dijo Sam—. Emilie y la abuela han ido a echarse la siesta —le pasó un vaso sucio—. ¿Por qué no haces tú lo mismo?

—¿Y tú por qué no me dejas en paz? —le dijo marcando bien cada palabra—. No quiero tu ayuda, ni tus consejos. Ni quiero saber cómo funciona el cuerpo humano. No quiero saber nada de puntos de venta ni de presentaciones. No deseo ningún tipo de alianza contigo, ni estratégica ni de otro tipo. Lo único que quiero es que te marches y nos dejes tranquilas.

Gracias a Dios Addy no vio a Sam durante casi dos horas; pero Addy sabía que el nieto de Hannah no estaría fuera mucho tiempo. Por eso no se sorprendió al verlo entrar en la cocina esa tarde.

Sam olisqueó el aire.

—Aquí huele a plástico quemado. Espero que este olor no tenga nada que ver con la cena.

—Si no te gusta mi forma de cocinar o el olor de la cocina, entonces vete.

El termostato del horno empezó a sonar y Addy se puso unos guantes para no quemarse y sacó una caja poco profunda. Alrededor de la caja había unos alambres que sujetaban cuentas decoradas, de formas, tamaños y colores diferentes. Con cuidado de no tocar las cuentas calientes, Addy colocó la caja y su contenido sobre una rejilla.

Sam examinó las cuentas.

—Unos colores muy atrevidos.

Addy apagó el horno, agarró la caja de cuentas y se dirigió hacia su habitación.

—A mis clientes les gustan estos colores —dijo en tono áspero.

—A mis clientes les gusta que les asesore de un modo sincero, útil y objetivo —la siguió hasta la sala de estar, dejó su maletín de cuero negro en el suelo e hizo un espacio en la mesa para colocar una pequeña caja color gris que resultó ser un ordenador portátil—. Pongámosnos manos a la obra —se sentó en una silla pintada de colores.

—No tengo que ponerme a hacer nada contigo.

Encontrar marido no era un negocio cualquiera; era más bien una elección para el resto de su vida.

—Solo porque Hannah y las demás secundaran tu estúpido plan, no tienes por qué pensar que voy a permitir que me trates como una especie de germen con el que estés experimentando.

Sam se reclinó en el asiento.

—Únete al mundo moderno, Adeline.

—Los científicos siempre piensan que la ciencia es mejor que la historia. Pero no siempre tienen razón.

—No te burles de la ciencia —señaló las cuentas que se enfriaban sobre la mesa—. ¿Dónde estarías tú si no se hubiera inventado el PVC? —sin esperar respuesta, se puso a teclear—. Ya he introducido algo de información. El candidato de Belle es el siguiente. Se llama John Christian, subdirector de Woodpine Lodge, el hotel que Belle le vendió a la gran cadena de hoteles. Tiene treinta años. Es un hombre que ha subido como la espuma y que es muy apreciado en la empresa —sacó unas carpetas de su maletín y las colocó junto al ordenador; de una de ella sacó un archivo y se lo pasó a Addy—. Aquí hay una fotografía. Belle dice que es un bombón, pero a nosotros eso nos da lo mismo.

Addy dejó la carpeta en la mesa. No estaba segura de que pudiera seguir adelante con aquella locura, ni siquiera por Emilie. Para ella el matrimonio siempre había significado amor y compromiso.

Un sobre largo y blanco que había sobre la mesa le llamó la atención. Otra carta. Las frases parecieron escaparse del sobre cerrado. En realidad, las tenía grabadas en la mente.

Addy respiró hondo y se repitió en silencio lo mismo que llevaba ya varios días pensando.

Las personas que se casaban por conveniencia podían llegar a ser felices. Cuando encontrara al hombre adecuado, haría lo posible para que su matrimonio funcionara.

Pero primero tenía que deshacerse de Sam Dawson. Ella no iba a ser un simple dato en su ordenador.

—No has recogido todos los datos que necesitas. Si yo buscara marido, tendrías también que considerar mis necesidades y deseos.

Sam asintió.

—Eso me parece razonable. Adelante. Dímelos.

Addy apoyó los codos sobre la mesa, la cara entre las manos y miró hacia la pared que tenía en frente, dispuesta a inventarse cosas.

—Tendría que gustarle el morado. Y ser rico. Estoy

cansada de comprar en tiendas de segunda mano –ignoró la mirada de soslayo que le echó Sam–. Conducir un deportivo rojo, y tener una casa grande, para que yo pudiera guardar todas mis cosas, que serán para cuando Emilie sea mayor –Addy se puso un par de guantes de goma distraídamente–. Tendría que ser digno de confianza. Quiero estar segura de que siempre estará ahí para Emilie o para mí –empezó a moldear un trozo de arcilla de polímero–. También debe tener una gran familia. De esas que salen en televisión con hermanas y primos y tíos que se quieren y se divierten juntos y celebran reuniones familiares. Una gran familia que quiera y mime a Emilie y qué jamás le haga sentirse como una extraña. No usará ropa de segunda mano a no ser que ella quiera, y todo el mundo se sentirá feliz cuando reciba buena notas, y la querrá ver haciendo de protagonista en las obras de teatro del instituto y se alegrará cuando gane algún concurso de arte... –su voz se fue apagando–. Esto no lo estás apuntando.

Sam la observaba desde el otro lado de la mesa.

–La abuela me dijo que tus padres murieron en un accidente de tráfico cuando eras una niña.

–Bueno, no era tan niña; tenía trece años –señaló hacia el teclado–. Tendrá que prometer que no se entrometerá con mi modo de educar a Emilie. Y tendrá que entender que Emilie siempre será lo primero para mí. Quizá me haya dejado algo... –Addy tragó saliva–. Jamás abandonaré a Emilie; eso tendrá que aceptarlo.

–La abuela me contó que tu hermana se suicidó. No te sentirás culpable por eso, ¿verdad?

–Ella era una mujer adulta. Si decidió que no tenía nada ni a nadie por quien mereciera la pena vivir, no veo cómo eso pudo ser culpa mía –Addy hundió el puño en el trozo de arcilla–. Lorie tenía once años cuando mis padres fallecieron, y yo la cuidé y defendí hasta el día en que me marché a la facultad. Solo fueron dos años. No la abandoné –Addy dividió la bola de arcilla en trozos pequeños–. Esperaba que se fuera conmigo después de graduarse en el instituto. No fue idea mía que se escapara a Hollywood –Addy notó que estaba levantando la voz y respiró hondo–. No sé por qué estamos hablando de eso –sonrió alegremente–. Esos son datos suficientes para mantenerte ocupado. Solo búscame a un hombre al que le guste el morado y que sea rico.

Pasado un rato, Sam preguntó:

–¿Quieres tener hijos?

–A Emilie le encantaría tener hermanos y hermanas –Addy se quitó los guantes de goma y añadió un par de cejas negras a una cara de arcilla.

–Una vida sexual sana –dijo en voz baja mientras tecleaba–. ¿O preferirías sexo salvaje y apasionado?

Addy notó que se ponía colorada.

–Te estás pasando.

–¿Lo dices por experiencia?

–Lorie dijo que el sexo salvaje y apasionado fue la razón por la cual perdió la cabeza por un hombre casado, por la que tuvo un hijo suyo y luego lo abandonó, y la misma que la empujó a volver a acostarse con él. Borra lo de la pasión. No quiero besos que obliguen a nadie a comportarse de manera amoral.

Sam cerró el ordenador.

–No creo que me hubiera gustado tu hermana.

–Lorie era bella, inteligente, talentosa, divertida y lista –Addy se miró los dedos que se le habían puesto negros–. Tenía una sonrisa que encandilaba a todos los hombres de la vecindad –la voz de Addy se suavizó–. Me irritaba su manera de comportarse, pero la quería mucho. Durante años estuvimos solas frente al mundo. Y después desapareció –Addy tragó saliva–. Supongo que nunca dejaré de echarla de menos.

Sam se levantó y se acercó a ella.

–Estoy seguro de que le diste a tu hermana todo lo que pensaste que necesitaba. Igual que intentas hacer con Emilie –le quitó la arcilla de las manos y la dejó sobre la mesa–. Creo que ya es hora de que alguien te dé lo que necesitas.

Addy pensó en resistirse cuando vio que Sam le ponía las manos sobre los hombros y la levantaba de la silla.

—No necesito nada.

—Sí que lo necesitas, Adeline. Necesitas que te besen.

Allí agarrada a los brazos de Sam, Addy pensó que aquella era la tontería más grande que había oído en su vida. No necesitaba besar, sino que la ayudaran y la consolaran. Necesitaba... De pronto sintió una oleada de humillación y apartó las manos de los hombros de Sam.

—Te lo he dicho ya. No necesito ni quiero tu caridad.

Él la miró con dureza.

—Lo que necesitas es dejar de compadecerte a ti misma.

—Tú eres el que me preguntó sobre mi hermana —Sam Dawson le había hecho contarle cosas que no le había contado a ninguna otra persona, y después la acusaba de auto compasión—. Si echar de menos a alguien que ha fallecido es sentir lástima por una misma, entonces la siento.

—No estoy diciendo eso. Todo el mundo tiene derecho a sentir dolor de vez en cuando. Incluso una mujer independiente y cabezota que se pasa la vida diciendo que no necesita nada —le agarró la trenza y empezó a acariciarla—. ¿Tienes miedo de parecer débil porque necesites cosas?

—Emilie tiene que ser fuerte para sobrevivir. Y yo soy la única que puede enseñárselo.

Sam negó con la cabeza.

—Le has dado a Emilie el mejor comienzo en la vida. La quieres —le echó las manos alrededor del cuello—. Eres muy fuerte, y aceptar un poco de caridad no va a hacer que seas más débil. Claro que no tiene nada que ver con esta situación en particular, porque un beso no es un acto de caridad, Adeline.

—¿Entonces qué es?

–Siempre me ha parecido que la demostración cien-tífica vale más que un montón de páginas de teoría.

Inclinó la cabeza.

Addy separó los labios al sentir su delicada y firme urgencia. Por un instante se olvidó de respirar, pero en-tonces aspiró un aroma intensamente masculino mez-clado con el perfume floral de la arcilla.

Un beso no era suficiente. Se agarró a sus brazos con fuerza. Tímidamente, Addy lo besó y se estremeció de pies a cabeza. Se pegó más a su cuerpo y sintió los lati-dos del corazón de Sam. O quizás fueran los del suyo.

La fuerza y firmeza de sus muslos, de sus caderas, de su pecho, se imprimió en su cuerpo. Entonces Addy se fundió en él, perdiendo la noción de dónde terminaba ella y donde empezaba él. Sam era en ese momento su morada, su seguridad, su confianza.

Pero esa no era la realidad. Él quería casarla con otro hombre. Addy se apartó de él y apoyó la frente en su hombro. Tenía que decir algo ligero y divertido; algo que le hiciera entender que su beso no había significado nada para ella.

Sam se movió.

–Tal vez me haya equivocado. Tal vez besar sea un acto de caridad –notó que Addy se ponía tensa–. No, no me juzgues. Lo que quería decir es que eres una persona muy generosa y amable –la miró pensativamente–. En otras circunstancias, estaría interesado en explorar la profundidad de esa generosidad, Adeline, pero estás vi-viendo en casa de mi abuela, educando a una niña y buscando un marido –una sombra de arrepentimiento pasó por su mirada–. Tú eres una mujer que necesita un compromiso, no una aventura de dos semanas –le apartó un mechón de la frente–. Espero que te des cuenta lo mucho que me voy a odiar a mí mismo esta noche por ser honorable.

Addy se apartó de él.

–¿Y se supone que debo agradecerte que seas hono-rable cuando sueltas las tonterías más arrogantes y condescendientes que he oído en mi vida? ¿Se le ha ocurrido a ese cerebro de mosquito que tienes pensar en algún momento que no tengo ningún interés en los juegos de alcoba contigo? Te he dejado besarme porque eres como una gota de agua que cae constantemente, como una tortura. Si quieres llamar generosidad a hacer algo para que me dejes en paz, adelante –fue a sentarse en el sofá porque le temblaban las piernas–. Pero, recuerda, yo soy la que quise que volvieras a Boston, y yo soy la que no he dejado de decirte que te metas en tus asuntos. Y que lo sepas, si alguna vez fui tan estúpida de pensar en casarme con un tipo egoísta y arrogante como tú, cosa que no hice, hace mucho que he cambiado de opinión. Si me casara algún día, lo haría con cualquiera menos contigo.

–Bien –Sam guardó las carpetas en el maletín y cerró el ordenador–. Aunque me siento tentado a acostarme contigo, tengo la intención de casarte con algún pobre diablo para quien la sinceridad no sea una virtud prioritaria.

–¿Me estás llamando mentirosa?

–Pues sí. Te ha gustado besarme, y no lo has hecho para deshacerte de mí.

–Tú fuiste el que dijiste que te necesitaba para mostrarme lo que desean los hombres. Tal vez ahora reconozcas que ya lo sé, y me dejes en paz.

–Adeline, lo único que me ha demostrado tu beso es que tienes menos experiencia que un chiquillo de quince años.

El tono de lástima en su voz la irritó.

–Eso no es cierto. Bueno, de acuerdo –se apresuró a añadir rápidamente–. Reconozco que he perdido práctica. Hace ya unos cuantos años que me acosté con el equipo de fútbol, las dos fraternidades y la banda de música –alzó la barbilla, desafiándola a que la llamara mentirosa.

–Belle me dijo que te dijera que John Christian te recogerá mañana por la noche para llevarte a un concierto de jazz al aire libre. Supongo que una mujer de mundo como tú sabrá lo bastante como para no ponerse el ceñido y provocativo vestido con el que saliste con Carlson. Un suéter y un par de pantalones será lo más adecuado.

–No creo que un hombre que va por ahí con una camisa azul llena de huellas negras pueda ponerse a criticar mi vestuario. Te sugiero que te cambies antes de que Hannah te vea, o empezará a dudar de la honorabilidad de su nieto.

–Al menos –dijo Sam con indignación– yo llevo la camisa abrochada –dijo y cerró la puerta.

Addy bajó la cabeza y vio que tenía la blusa abierta.

Sabía que debería odiar a Sam Dawson, pero no era así. Emilie se había enamorado perdidamente de él, y Addy corría peligro de que le pasara lo mismo.

En realidad Sam no le gustaba. Solamente su físico atraía a la artista que llevaba dentro. Addy se llevó una mano temblorosa a la boca. Ojalá se hubiera acostado con la mitad de los chicos de la universidad cuando estuvo allí. Tal vez de ese modo los besos de Sam Dawson no le resultarían tan turbadores.

Entonces miró a su alrededor con pánico antes de detener la mirada sobre una fotografía enmarcada de Lorie. La sonrisa de su hermana la tranquilizó.

–No te preocupes, Lorie. Cuidaré de Emilie por ti. No haré ninguna tontería.

John Christian era alto, con el cabello negro y corto, unos dientes blancos y perfectos y barba de dos días. Llegó en un deportivo color ocre y miró a Addy con agrado. Con agrado y con alivio que disimuló rápidamente.

Addy le sonrió mientras él acercaba una butaca para sentarse junto a ella en el Parque Antlers de Colorado Springs. Unas cuantas notas discordantes surgieron del improvisado escenario mientras los músicos probaban y afinaban los instrumentos. Sin duda John Christian se había temido que aquella velada no resultara agradable. Claro que no era el único que se sentía aliviado. Al menos en esa ocasión no tendría que preocuparse de que Sam la acompañara. Emilie lo había nombrado su niñero oficial para esa noche.

Agradable, encantador y divertido, John entretuvo a Addy con ingeniosas historias sobre los huéspedes del hotel y divertidas anécdotas de sus viajes por todo el mundo. Pensaba que Colorado estaba en el quinto pino, pero sostenía que su empleo actual era el precio que debía pagar para que lo ascendieran después. Un ascenso, se esforzó en aclarar, que estaba prácticamente garantizado.

John miró detrás de Addy y puso cara de confusión.

—¿Qué ocurre? —le preguntó instintivamente.

—Ese hombre de ahí y su pequeña. Están haciéndome señas como si me conocieran, y juro que no los he visto en mi vida.

A unos tres metros de ellos, Addy vio a Emilie saltando y agitando los brazos.

—¡Sorpresa! —gritó—. ¡Sorpresa! —desternillándose de risa, la niña se derrumbó sobre una manta que había en el suelo. Su niñera le sonrió con indulgencia.

Addy se volvió hacia John Christian y consiguió esbozar una leve sonrisa.

—Es la niña de mi hermana. La tengo bajo mi custodia.

John miró a Addy, después a Emilie y de nuevo a Addy.

—¿Y ese es su padre?

—Es su canguro.

La mirada de incredulidad en el rostro de John le dijo a Addy que su breve explicación había provocado en él más preguntas de las que había respondido.

Una risilla emocionada le dijo a Addy que ella y John tenían visita. Un par de brazos le rodearon el cuello.

–Sam y yo vamos a oír música –antes de que Addy pudiera responder, Emilie se había marchado.

Pero no por mucho tiempo. Durante el concierto, Emilie prácticamente no dejó de recorrer el camino entre Addy y Sam. Si Sam estaba haciendo algún esfuerzo por controlar a la niña, no resultaba demasiado evidente. John consiguió mantener la compostura ante tal provocación. Sin duda tenía mucha experiencia en tratar con huéspedes difíciles, y con sus igualmente difíciles retoños.

Por no hablar de niñeras inútiles.

Capítulo 5

DE PIE en las escaleras del porche, Addy se volvió y le tendió la mano a John Christian.

—Gracias por una velada tan maravillosa. El concierto me ha encantado y la cena estaba deliciosa.

Él le tomó la mano y tiró un poco de ella.

—Pensé que le iba a hacer un favor a la señora Rater, pero ha sido ella la que me lo ha hecho a mí. Te recogeré mañana sobre las siete.

Addy ahogó un suspiro. John Christian suponía demasiado, pero no era culpa suya. Belle prácticamente le había puesto a Addy en bandeja.

—Sería muy agradable —dijo con educación, empujada por la promesa que había hecho de darle a cada hombre al menos dos oportunidades—. ¿Qué tenías en mente?

—A ti.

Le sonrió con sensualidad y Addy vio el brillo de las luces del porche reflejado en su mirada de ojos castaños.

Pero Addy tenía el pulso normal. El corazón no le latía más deprisa, ni sentía ahogos.

—¿A mí?

—No me gusta meterme en situaciones que no conozco —dijo—. Pregunté por ti en la ciudad. Todo el mundo sabe que eres una madre soltera y que no hay ningún hombre en tu vida.

John le acarició la palma de la mano suavemente, pero Addy siguió respirando con normalidad.

—Emilie es mi sobrina —dijo con tranquilidad.

—Llámala como quieras. Lo creas o no, me crié en

una ciudad pequeña. Conozco lo que una persona tiene que hacer para aplacar los comentarios de las gentes de miras estrechas. Por eso es por lo que soy ideal para ti –sonrió aún más–. El sexo sin ataduras me va de maravilla. Yo te daré lo que necesitas, guardaré tus secretos, y después me marcharé, sin necesidad de que entre nosotros se interpongan los sentimientos.

–Creo que será mejor que se marche ya mismo –dijo una voz áspera que salió de detrás de la puerta mosquitera.

John Christian miró hacia la puerta.

–Supongo que será el canguro –miró a Addy–. Lo siento, Addy, supongo que no me había percatado de la situación.

Antes de que Addy pudiera explicarle nada, se dio la vuelta y se fue hacia su coche.

–Podemos borrarlo de la lista –dijo Sam.

–Gracias por nada –Addy abrió la puerta mosquitera y pasó enfurecida junto a Sam–. Ahora John está convencido de que tú y yo nos acostamos juntos. Dentro de nada toda la ciudad pensará que compartimos algo más que la casa de tu abuela –empezó a subir las escaleras muy indignada–. Podría habérmelas arreglado sola con él. ¿No te has divertido lo suficiente molestándome durante el concierto?

–Pensé que estarías conforme con un pequeño experimento práctico –Sam siguió a Addy hasta el primer piso.

Addy recordó entonces que sus padres se ganaban la vida sobre un escenario.

–¿Qué se supone que debe demostrar tu experimento? ¿Que un hombre adulto se pude comportar como un niño malcriado?

Sam entró tras ella en la sala de estar y se dejó caer en el sofá.

–El problema es que a veces hay efectos secundarios inesperados. Como por ejemplo el hecho de que Christian haya resultado ser un obseso sexual.

Addy cerró la puerta del dormitorio después de comprobar que Emilie dormía.

—Estoy hablando de ti. Tú me has estropeado la velada adrede.

Sam la miró sorprendido.

—¿Estás enfadada conmigo?

—Permití que Emilie te considerara su canguro esta noche porque estaban aquí Belle y Hannah para echarte una mano si lo necesitabas. No tenías permiso para sacar a la niña a ningún sitio.

—No sabía que tuviera que tener un permiso por escrito para llevarla a ver algo de carácter cultural.

—No digas tonterías. Llevaste a Emilie al concierto para reírte un rato a costa mía —se sentó en una butaca—. Tú sabías cómo se comportaría.

—Como lo haría cualquier niña de cuatro años. Enfréntate a la realidad, Adeline. Cuando te subiste a su caro deportivo, Christian limpió la marca de tus huellas. Un hombre así no quiere a una mocosa. Todo en él, desde su cuerpo esculpido en el gimnasio del hotel hasta el bronceado de rayos uva, demuestra que está obsesionado consigo mismo. Estoy seguro de que se gasta una fortuna en cortarse el pelo y que la ropa que llevaba puesta ha salido directamente de un catálogo sobre lo que utiliza el hombre mejor vestido del año para sus ratos de ocio. Christian no es de los que se compraría un coche familiar y lo llenaría de niños.

—Tú no sabes...

—No lo sabía antes. Pero ahora sí. Por eso he hecho este pequeño experimento con Emilie. Para probar mi hipótesis de que Christian detesta a los niños. Lo cual es cierto. Lo disimula bien, pero me imagino que incluso tú te habrás dado cuenta de cómo se espantaba cada vez que Emilie se acercaba a él. Lo que me extraña de verdad es la voluntad de estos pobres diablos por tomar parte en este juego. La proposición de Christian demuestra que la abuela y compañía no te están pregonando como una futura esposa. ¿Entonces cuál es el anzuelo? ¿Por qué estos tipos se prestan con tanta diligencia? No es mi intención ofender, Adeline.

–¿Qué tiene de raro que un hombre que está solo quiera conocer a una mujer soltera? Solo porque tú hayas decidido que la peste bubónica sea más atractiva que yo, no quiere decir que todos los hombres me encuentren tan repulsiva.

–¿Enfadada porque he sabido evitar la trampa de mi madre y mi abuela, o porque no he querido acostarme contigo?

–Si yo quisiera acostarme con alguien –añadió Addy con complacencia– habría muchos hombres dispuestos, tal y como John me ha demostrado esta noche.

Sam la miró y frunció el ceño.

–Tú has sido la que has provocado ese comportamiento, poniéndote ese conjunto negro.

–Tú me dijiste que llevara pantalones.

–Pero no te dije que te pusieras unos tan ceñidos.

–Son elásticos –dijo Addy en tono seco; Belle había pedido prestado el conjunto a una vecina de diecisiete años–. Se supone que tienen que quedar ceñidos. No es culpa mía que a los hombres se les caiga la baba cada vez que ven a una mujer entre los seis y los sesenta años.

–Ceñidos –Sam chasqueó la lengua con irritación–. Pero si no puedes ni respirar. Y el suéter que llevas es tres tallas menor que la tuya.

–No sabía que hubieras hecho el doctorado en moda femenina. ¿Qué querías que llevara? ¿Una bata blanca?

–Al menos una bata no resaltaría todas las pecas que tienes en el cuerpo.

Cansada de las burlas constantes en relación con sus pecas, Addy saltó del asiento.

–Vete –se cruzó de brazos para no pegarle un tortazo–. Es tarde y estoy cansada.

Sam se levantó despacio del sofá y se puso delante de ella. Esa noche Addy se había dejado el pelo suelto, y él empezó a acariciárselo.

–Deberías haber dado más clases de ciencias en el colegio.

Addy se quedó inmóvil. Excepto su corazón, que triplicó sus latidos. Y no por miedo, sino por... No sabía por qué.

–Di clases de biología y química, y...

Sam la besó. Cuando por fin levantó la cabeza, dijo:

–Me imagino que las suspendiste.

Addy sentía un cosquilleo en los labios. La artista que llevaba dentro se preguntó si sería posible reproducir la fascinante tonalidad de los ojos de Sam. Addy se fijó en uno de los botones de su camisa azul y de algún modo consiguió recordar el último comentario de Sam.

–Si estás insinuando que entre nosotros hay algo de química, estás equivocado –le agarró de la muñeca para que le soltara el pelo–. Solo te he dejado besarme porque no quería que montaras un número y despertaras a Emilie.

–Química –Sam repitió pensativamente–. Quizá tengas razón al decir que lo que ocurre entre nosotros es una especie de reacción química. Estoy dispuesto a reconocer que me fascinas de un modo muy extraño.

–Aunque te agradezco infinitamente que me compares con una rana muerta o con un gusano, no me interesa en absoluto que me metas debajo de un microscopio, así que vete a practicar la química con algunas de tus bellezas de Boston. Y, por cierto, saqué sobresaliente en todas las asignaturas de ciencias.

–Créeme, es mucho más agradable besarte a ti que a una rana o a un gusano –y para demostrarlo le dio un beso en la nariz–. Buenas noches, Adeline.

–¿Addy, dónde está Sam? –Emilie estaba a la puerta del cuarto, frotándose un ojo.

–Se ha ido a la cama. Donde deberías estar tú.

Emilie siguió a Addy a la habitación y se metió en la cama obedientemente.

–Me gusta Sam. ¿Y a ti?

–Sí –mintió Addy.

Sam Dawson era la persona más insufrible que había conocido jamás. Pero al pensar en sus besos experimentaba siempre un extraño cosquilleo en el estómago.

Unos suaves golpes a la puerta le anunciaron la llegada de Sam.

–Adeline, quiero hablar contigo ahora... ¿Qué estás haciendo? Aquí apesta a pintura.

Emilie corrió a saludarlo.

–Estamos pintando –tiró de Sam para que entrara en la habitación.

Addy estaba pintando una pared de la habitación con un rodillo. No tenía nada que decirle a Sam Dawson; al menos nada que pudiera decirle delante de Emilie.

–¿No te parece preciooooooso? –exageró Emilie.

–Desde luego es muy... rosa.

–Addy está pintando la habitación de un color muy alegre, y así no llorará por la noche.

–¿Llora Addy por las noches?

–Emilie Adeline –le dijo Addy al mismo tiempo–. Ya hemos hablado antes de esto. No tienes que contarle a la gente las cosas de la familia.

–Él es Sam; es nuestro amigo.

–Vete a lavarte la cara, Emilie. Tienes pintura rosa en la nariz y en la barbilla.

–La abuela me ha dicho que te diga que está cosiendo unos botones, por si quieres ir a ayudarla –añadió Sam.

–¡Botones! –gritó Emilie y salió corriendo de la habitación.

–En realidad no la ayuda. Lo que le gusta es jugar con los preciosos botones de Hannah –dijo Addy en el silencio de la enorme habitación–. Todo el mundo se acatarra y tiene mocos de vez en cuando, Sam. Eso fue todo –añadió con nerviosismo sin dejar de mover el rodillo.

–¿Estabas llorando por algo que te dije anoche?

–No he vuelto a pensar en nada de lo que me has dicho desde que nos conocimos –se apresuró a decir–. No estaba llorando. Emilie me oyó cuando estaba acatarrada. Y no fue anoche.

–¿Tienes problemas de dinero? La pintura es cara.

–Hannah me compró la pintura a cambio de empapelarle la habitación. No tengo problemas de dinero. La gente compra más de lo que necesita para ser feliz –Addy dejó el rodillo y fue a colocar la escalera.

Sam colocó el pie en el primer peldaño de la escalera para sostenerla con firmeza.

–¿Te hizo llorar la carta que recibiste?

Addy se quedó perpleja.

–¿Qué carta?

–La que me llevé de la mesa la otra noche cuando recogí mis carpetas. Me la encontré en mi maletín hace un rato y la leí antes de darme cuenta que no era mía.

–¿La dirección en el sobre no te dijo nada? –entonces Addy recordó que había metido el sobre en el cajón, sin comprobar si la carta iba dentro; agarró la escalera–. Quita el pie.

Sam apoyó el codo en otro peldaño.

–Supongo que el remitente anónimo es el padre de Emilie.

–Emilie no tiene padre –le dio una patada en el tobillo para quitarle el pie de la escalera.

–¡Ay! –se agarró el tobillo y Addy colocó la escalera en otro sitio mientras él no paraba de saltar sobre una pierna–. El tipo se ha dado cuenta por fin de que tiene una responsabilidad. Deberías estar contenta.

–Nos las hemos apañado de maravilla sin él –pasó el rodillo por la parte alta de la pared, pero como le temblaba la mano manchó accidentalmente el techo.

Addy bajó de la escalera rápidamente para limpiar la mancha con un trapo húmedo.

–¿De qué tienes miedo? –le preguntó finalmente–. ¿De tener que compartir a Emilie?

–Lo único que temo es que nunca voy a terminar de pintar estas paredes. Hay demasiadas interrupciones.

De tanto frotar la pequeña mancha, esta se trasformó en un gran borrón.

—Sea o no su padre, no hay forma de que el hombre pueda ocupar tu lugar en el corazón de Emilie —dijo Sam.

—Dile eso a un tribunal justo antes de que me la arrebaten y se la den a él solo porque tenga sus mismos genes —dijo Addy sin dejar de mover el rodillo—. Es un ser humano con sentimientos, no un objeto.

—Pensé que tenías la custodia —dijo Sam—. ¿No me dijiste que tenías un papel firmado por él en el que renunciaba a todos los derechos que pudiera tener como padre de Emilie?

—¿Y crees que eso importa? Ese tipo es un canalla, pero se acostó con mi hermana, y hay personas que creen que solo por eso tienen derecho a llamarse padres, independientemente de que firmara o no un papel.

—Me parece que te estás poniendo histérica por algo que no ha ocurrido. Intenta pensar racionalmente.

—No necesito tus sermones —Addy pegó la escalera a la pared de un golpe.

Sam se apartó.

—Dime una cosa sobre el padre de Emilie que pudiera hacernos pensar en la posibilidad remota de que quisiera hacerse con la custodia de la niña.

—¿Quién sabe por qué hacen las cosas los canallas como él?

—En definitiva, no tienes ninguna prueba de que él haya cambiado de opinión. Ni siquiera sabes si la persona que ha escrito esta carta es el padre de Emilie.

—¿Quién más podría ser?

—Tu hermana pasó un par de años en Hollywood. Seguramente tendría otros amigos. Algunos de ellos sabrían de la existencia del bebé y quizá se hayan preguntado qué pasó con él.

—Quizá sí, pero estoy segura de que no me enviarían siniestras amenazas diciendo que necesito discutir detalles relacionados con Emilie, o intentando provocarme para reunirme con esa persona con la vaga promesa de que yo me beneficiaría de ese encuentro. ¿Por qué no identificarse si fuera lo que tú dices?

–Pues a la persona que sea se le ocurrió enviarte una carta...

–Dos –Addy dijo de plano.

–¿Has recibido una segunda carta?

–Es la que tú has leído.

–Tráeme la otra.

Addy quería decirle que se metiera en sus cosas, pero recordó que el bienestar de Emilie era lo primero para ella. Fue hacia la cómoda, sacó una carta y se la dio. Entonces esperó con impaciencia mientras él la leía.

–¿Y bien? –dijo Addy.

–¿Qué ha dicho tu abogado?

–No tengo abogado. Lorie contrató a un hombre para que le llevara el asunto de la custodia, pero nunca fue mi abogado.

–Creo que deberías llevarle las cartas a Jim Carlson para que él te aconseje. Sé que es algo provinciano, pero es un buen abogado.

–No necesito un abogado –Addy agarró el rodillo con fuerza.

¿Con qué diablos le iba a pagar a Jim?

–Sé que los abogados son caros –Sam pareció adivinarle el pensamiento–. Yo estaría...

–¡No! No quiero tu dinero –le arrancó la carta de las manos y la volvió a meter en la cómoda.

–No sería caridad. Más bien un préstamo.

–No necesito tu dinero.

Sam se acercó a la ventana y se puso a mirar el paisaje pensativamente. Por la ventana abierta entró el aroma de las flores, que se mezcló con el de la pintura.

–Oh, maldita sea –dijo Sam en tono exasperado–. A ello se debe esta ridícula caza del marido, ¿no? Estás buscando marido de verdad.

–Yo nunca he dicho eso. Tú fuiste el que empezaste

a hablar de puntos de venta y de la posición en el mercado.

—Por amor de Dios, Adeline, estaba bromeando.

—Bromeando —lo miró desde donde estaba subida a la escalera.

—Bueno, no exactamente bromeando —puntualizó Sam—. Más bien enseñándote una lección.

—Una lección.

Addy pensó que tenía que dejar de repetir todo lo que decía él.

—Mi madre y mi abuela se casaron y tuvieron hijos jóvenes —dijo Sam—. Están convencidas de que todo el mundo debería hacer lo mismo. Mientras que entiendo que Hannah a los ochenta quiera tener biznietos, no es razón suficiente para que yo me case. Pero ellas están en desacuerdo. En los últimos cinco años, desde que cumplí los treinta, no han cejado en su intento de casarme —se veía que a Sam le molestaba aquel tema—. Les he dicho que me casaré cuando esté listo para ello y que ni quiero ni necesito su ayuda —insistió—. Pero ellas están empeñadas en hacer de celestinas. No puedes ni imaginarte la cantidad de mujeres que me han presentado, ni los líos en los que me han metido. Han implicado a mi padre, a mis amigos, a mis hermanos, incluso a mis empleados. Después del último episodio exploté, y me prometieron que lo dejarían. Pero el arrastrarme hasta aquí bajo falsas pretensiones me ha demostrado que he confiado demasiado en sus promesas. Entonces decidí darles una lección.

Addy abrió la boca y Sam se apoyó en la pared junto a la escalera. Entonces Addy siguió pintando.

—Pensé en enamorarte y plantarte en el último momento, después de que tuvieran la boda planeada. Supuse que te lo merecías por ayudarlas y secundarles el plan.

Addy se aguantó para no tirarle encima el rodillo.

—Después de pensar mucho en todo ello —siguió diciendo Sam—, ideé el plan perfecto para burlar su proyecto y frustrarlo todo. El único modo de acusarme de sabotearles su plan sería reconociendo que habían vuelto a maquinar algo, a pesar de sus promesas.

A medida que se iba dando cuenta de la traición de Sam Dawson, Addy sintió un mareo que le hizo agarrarse con fuerza a la escalera.

—Decidiste que la mejor manera de arruinarles el plan era fingir entusiasmo en la tarea de casarme con otra persona —dijo en tono ligeramente chillón—. No me extraña que creyeras que tu plan era perfecto. Tu falsa cooperación te permitía sabotear mis citas.

¿Cómo se había atrevido a minar los esfuerzos que estaba haciendo Addy por el futuro de Emilie, en favor de sus egoístas y ridículas razones? Addy soltó la escalera y se bajó despacio.

—Adeline, no hace falta ser físico nuclear para adivinar que ninguno de los hombres que han propuesto mi abuela y sus amigas es un candidato serio al matrimonio. Supuse —añadió— que las citas eran parte del plan para ponerme celoso.

Addy volvió a mojar el rodillo en la pintura. Quizá Sam hubiera destruido el futuro de Emilie, pero no la iba a privar del placer de pintar su habitación.

—Supuse que las cartas te habrían asustado y que pensaste que tener un marido sería una ventaja cuando se tratara de luchar por la custodia de Emilie —dijo Sam.

—No es asunto tuyo —dijo Addy, a punto de tirarle la lata de pintura sobre la cabeza.

—He estado investigando un poco. Phoebe le dejó caer a Jim Carlson que si te llevaba a cenar Lois se pondría celosa. La dirección del hotel donde trabaja Christian le debe a Belle unos cuantos favores por ayudarlos ella a conseguir unos permisos municipales. La correspondieron con Christian.

—¿Jim me utilizó para que su esposa volviera con él y John para el futuro de su carrera profesional? —preguntó Addy con indignación—. ¿Y los demás?

—La abuela escogió a Tom Erickson, el entrenador de

fútbol del instituto. A los cinco minutos de ponerme a investigar me enteré de que está prácticamente prometido a la profesora de alemán del centro. Quiere que le den el puesto de coordinador de los cursos de verano que se celebrarán en el centro el verano que viene –Sam hizo una pausa–. La abuela es parte del comité de selección.

Addy respiró hondo.

–¿Y Cora?

–Ella sugirió a Perry Wilson. No entendía su interés por él, pero Wilson es un hippie, ha estado casado quién sabe cuántas veces y encima está muy metido en temas de ocultismo y medicina de la nueva era. No me parece el mejor candidato a esposo.

Addy se dio cuenta de que su desesperada búsqueda había sido un juego para todos menos para ella. Addy metió el rodillo en la lata y fue hacia donde estaba Sam.

Sam arqueó una ceja al ver el rodillo.

–La señoras seleccionaron candidatos frívolos. Supuse que lo sabrías. La única conclusión lógica que un hombre razonable puede desprender de todo esto es que el propósito expresado, el de juntarte con esos hombres, no era el verdadero propósito. ¿Qué estás pensando hacer con esa pintura?

–Pintar la pared que está detrás de ti –lo miró con frialdad–. Otra vez.

–Lo siento. Creí que estaba seca –Sam se tocó la pintura pegada a su camisa–. Está más claro que el agua. A la abuela y a las demás jamás se les pasó por la cabeza que ninguno de esos hombres se enamorara de ti. O bien los utilizaron para que yo no sospechara, o bien para intentar ponerme celoso. Lo cual explica el entusiasmo de Hannah cuando me uní a su grupo. Supuso que si yo me implicaba pasaría más tiempo contigo. Está claro que nunca se le ocurrió pensar que pudiera resistirme a tus múltiples encantos.

Addy no pudo más y explotó. Con una rápida pasada, pintó a Sam de rosa de pies a cabeza.

Sam se quedó perplejo unos segundos y seguidamente empezó a soltar improperios. Horrorizada por haber perdido el control, Addy se quedó inmóvil, sin saber qué decir.

Sam le quitó el rodillo de la mano.

–Tráeme un trapo.

Su tono exigente reavivó la indignación que sentía.

–Búscatelo tú.

–Bien.

Le tiró de la camisa vieja que Addy se había puesto para pintar. La tela estaba tan fina y raída que cedió sin problemas. Los botones salieron volando y la tela se rompió. Con el trozo que había rasgado, Sam se limpió la cara.

Al ver la mirada amenazadora de Sam, Addy se dio la vuelta. Pero él le agarró de la trenza y la inmovilizó.

–Suéltame –le gritó.

–Tener dos hermanos me enseñó a jugar limpio –dijo Sam mientras tiraba de ella.

–No me hables de juego limpio –Addy forcejeó para librarse de él, mientras intentaba cubrirse el viejo sujetador que llevaba puesto con los raídos bordes de la camisa–. Sobre todo después de haber estado jugando con mi vida.

–¿Por qué no me dijiste la verdad al principio? –le preguntó en tono defensivo, soltándola momentáneamente.

Addy aprovechó ese instante para apartarse de él y salir corriendo de la habitación. Sam le agarró de una punta de la camisa, y Addy se volvió un poco para darle un manotazo en la mano. Pero los pies se le enredaron en el plástico que había colocado en el suelo y al echarse hacia atrás para no caerse, Addy metió el pie en una lata de pintura que estaba casi vacía. Dio con un codo en la escalera y con el otro en el estómago de Sam, al ir este a agarrarla para que no se cayera. La escalera, Addy y Sam cayeron al suelo al mismo tiempo.

–¿Estás bien? –le preguntó Sam mientras le quitaba la escalera de encima a Addy.

–Sí –Addy se puso tensa cuando él le pasó las manos por todo el cuerpo–. He dicho que estoy bien –le dio una patada a la lata de pintura para sacar el pie e intentó ponerse de pie.

Pero Sam le echó un brazo por encima y rodó para colocarse encima de ella.

–No te vas a ir a ningún sitio hasta que hablemos –le agarró las manos con una de las suyas.

A pesar de las manchas de pintura que le decoraban la cara, Addy no sentía ganas de reír. Intentó soltarse las manos.

–Tú no quieres hablar. Solo quieres vengarte.

–¿Crees que quiero vengarme porque me has llenado de pintura?

Apoyó los codos en el suelo y le inmovilizó las piernas con las suyas.

–No quieres vengarte por un poco de pintura. Me culpas por haberte obligado a venir a Colorado, por eso has intentado hacerme la vida imposible desde que entraste en esta casa.

–Solo quiero saber si formabas parte del plan para engañarme para que me casara contigo.

–¿Pero cuántas veces tengo que decirte que no me interesas en absoluto y no tuve nada que ver con la carta que recibiste?

Él arqueó una ceja color de rosa.

–Sí, y ahora dime que no estás buscando marido –antes de que Addy pudiera contestar, él se le adelantó–. No te molestes. Tú necesitas un marido por el bien de Emilie. Yo soy un hombre soltero y un ciudadano responsable. No hace falta estar doctorado para saber que las tres os confabulasteis para traerme hasta aquí y así poder convencerme de algún modo para que me casara contigo.

–Jamás me casaría con un hombre tan estúpido como tú. Tu vanidad es tan grande que no eres capaz de pensar en otra cosa –Addy intentó respirar para empujarlo–. Muévete. Se me está durmiendo el cuerpo.

–Suerte que tienes. Con tanto movimiento, a mí no se me está durmiendo precisamente.

Sam le deslizó el dedo por la cara interna del codo y Addy no pudo reprimir un estremecimiento.

La pintura de los vaqueros de Sam le había mojado los shorts y tenía las piernas pegajosas. La camisa le rozaba la piel.

El sol de media tarde caldeaba la habitación; los latidos de su corazón le retumbaban en los oídos.

–Vaya –dijo Sam, acariciándole un pómulo–. Voy a tener que besarte.

Addy no opuso resistencia. Y no porque deseara besarlo, sino porque de todos modos no le habría hecho caso. Cerró los ojos y aspiró el familiar aroma de Sam. Unos labios suaves y firmes se acercaron a los suyos; Sam le soltó las manos y ella lo abrazó, agarrándole la cabeza con una mano y acariciándole la espalda con la otra.

Los muslos de Sam, fuertes y grandes, le calentaron la zona baja de su cuerpo. Entonces Sam empezó a acariciarla, describiendo círculos cada vez más grandes con la mano, muy despacio, hasta que ella empezó a jadear levemente.

Una gota de pintura le cayó entre los pechos y Sam trazó el mismo camino que la gota.

–Cuando era niño nunca pinté con los dedos –le apartó el sujetador a Addy y le acarició el pecho–. No sabía lo que me estaba perdiendo.

Una corriente eléctrica le recorrió el cuerpo. Addy abrió los ojos. Sam estaba totalmente absorto mientras le pintaba la punta del pecho con el dedo. Entonces Addy se olvidó de respirar.

–Qué divertido. ¿Puedo jugar yo también? –se oyó la voz cantarina de Emilie a la puerta de la habitación.

–Creo que solo dos pueden jugar al juego que Sam y Addy están jugando –el tono de voz de Hannah no podía haber sido más áspero.

Sam le soltó las manos y se quitó de encima de ella, pero el pánico la dejó pegada al suelo y no fue capaz de moverse.

–Siempre tan oportuna, abuela. ¿O acaso Addy te ha enviado una señal telepática?

La frialdad en su tono de voz le puso la carne de gallina a Addy. Su escandalosa implicación la irritó muchísimo y acabó con su buen juicio. Addy se cubrió lo mejor que pudo con lo que le quedaba de la camisa, se incorporó y sonrió a Hannah y a Emilie.

–Sam tiene razón. Has venido en el momento más oportuno, Hannah. Puedes ser la primera que nos felicite. Sam acaba de pedirme que me case con él, y yo he aceptado. Emilie, saluda a tu nuevo papá.

Capítulo 6

PAPÁ? –Emilie preguntó en tono vacilante–. ¿Qué quiere decir eso, tía Addy? ¿Sam es mi papá?

–No sería tu papá de verdad –Addy evitó mirar a Hannah–. ¿Te acuerdas que te expliqué que como tu mamá está en el cielo yo soy tu mamá adoptiva? –cuando Emilie asintió, Addy siguió hablando–. Como no conocemos a tu papá, el hombre con quien me case será tu papá adoptivo.

Emilie miró a Sam tímidamente.

–¿Vas a ser mi papá adoptivo?

–Pregúntale a tu tía. Ella es la que tiene las respuestas más convenientes.

Las secas palabras borraron la sonrisa del rostro de Emilie.

–Sam me está gritando.

–Eso es lo primero que tienes que aprender de los hombres, Emilie –dijo Hannah con energía–. Tienden a gritar cuando no están seguros de lo que está ocurriendo.

–Sé exactamente lo que está ocurriendo –gruñó Sam.

–¿Ves lo que te decía? –Hannah le tomó la mano a Emilie y se volvió hacia la puerta–. Vamos a prepararnos un refresco de zarzaparrilla y a planear esta boda. Sam y Addy necesitan limpiar esto.

Cuando las voces se fueron apagando Sam se volvió hacia Addy.

–Muy inteligente, señorita Johnson. Sin embargo, no cometas el error de pensar que me voy a casar contigo.

Él había cometido el error. Desde que había llegado allí, Sam Dawson había hecho lo imposible para molestarla y arruinarle la existencia. Ni una sola vez había tomado en consideración las inquietudes de los demás; tan solo las suyas. Lo único que le importaba era su estado civil. Un estado que estaba a punto de perder, solo por culpa de su egoísmo.

Addy esbozó una sonrisa superficial y le susurró al oído:

—Emilie estará preciosa con un vestido de algodón color de rosa. Puedo hacerle uno en la máquina de coser. Yo llevaré el vestido de novia de mi abuela. ¿Qué tipo de flores te parece que ponga en el ramo?

—¿Me has oído? No voy a casarme contigo —dijo con frustración.

—Por supuesto que sí te casarás —contestó Addy en tono razonable—. ¿Cómo podrías negarte después de romperme la camisa y tumbarme como lo has hecho en el suelo de mi propia habitación?

—No exageres —respondió él—. Un hombre no se casa con una mujer solo porque lo hayan visto besándola. Me gustaría recordarte quién empezó todo esto llenándome de pintura rosa.

—Solo te embadurné con un poco de pintura. No te obligué a besarme.

—Reconózco que me resultas interesante y sexualmente atractiva —con una mueca de fastidio, recogió del suelo un trozo de la camisa rasgada de Addy y se limpió los dedos—. Pero tener un matrimonio feliz implica más que una necesidad mutua de hacer el amor.

Addy se puso roja de rabia.

—Yo no tengo tal necesidad.

—Pues lo disimulas bien —dijo Sam, ignorando su indignación—. Adeline, puedes anunciar a quien quieras que te pedí que te casaras conmigo. Pero no lo he hecho. Y no lo voy a hacer.

—No tienes que anunciarlo —Addy interpretó mal adrede—. Creo que puedo decir con seguridad que nuestro compromiso ya ha sido anunciado. Me apuesto a que Hannah está hablando con tu madre por teléfono en este momento. Si no te has traído un traje, tendrás que comprarte uno. Naturalmente, quiero casarme antes de que vuelvas a Boston.

–Voy a volver a Boston –Sam escupió entre dientes–. Pero lo haré solo. En poco más de una semana. Tienes hasta entonces para arreglar esta confusión.

–No creo que sea ninguna confusión.

–Lo creerás –dijo con gravedad– cuando termine contigo. Una semana –repitió– para dejarle bien claro a mi abuela que yo no te pedí ni te pediré que te cases conmigo –Sam salió de la habitación hecho una furia.

Cuando Sam se calmara lo suficiente para poder utilizar con sensatez esa inteligencia con la que se suponía que había sido dotado, se daría cuenta que él había sido el causante de todo aquello. Él y su egoísmo; él y su estúpido plan para darles una lección a su madre y a su abuela.

Había sellado su destino al acusar a Addy de conspirar con su abuela para que esta los sorprendiera como lo había hecho. Para ser un hombre con un doctorado, Sam tenía el cerebro de un mosquito. Cualquier idiota habría visto que la inesperada aparición de Emilie y Hannah a la puerta del dormitorio había sorprendido y avergonzado a Addy.

Qué frescura por su parte al pensar que lo había planeado todo para que lo sorprendieran en actitud comprometedora.

Ella se había propuesto encontrar marido, pero siempre había tenido la intención de ser sincera con su posible pareja. ¿Quién quería casarse con un hombre al que tuviera que engañar para hacerlo? Adeline Johnson desde luego que no.

Quizá no sintiera tantas ganas de vengarse si él hubiera mostrado al menos una pizca de arrepentimiento por haberle estropeado los planes y saboteado todas las citas. Addy, desde luego, no estaba dispuesta a arriesgarse a perder a Emilie solo porque a Sam Dawson le hubiera dado la gana de actuar como un niño. Se suponía que era un adulto. Debería poder arreglárselas con su madre y su abuela con cierta madurez.

Addy intentó levantarse del suelo. Temía enfrentarse a Hannah. La actitud de Sam le habría hecho ver a la mujer que el anuncio de Addy había sido una sorpresa para él.

Pero Addy decidió dejar a un lado sus temores y centrarse en la rabia que sentía.

Sam Dawson no paraba de hablar de la lógica y la razón. Y esa misma lógica le decía que Sam Dawson le debía un marido. Se lo diría a su abuela. Pero eso después de limpiar todo aquello y darse una ducha.

–Felicidades, querida. Sé que Sam y tú seréis tan felices como lo fuimos Frank y yo.

Sorprendida, Addy levantó la cabeza y vio a una vivaz Cora entrando por la puerta del taller de manualidades; entonces le echó una mirada significativa a la mujer que entraba detrás de Cora–. Hannah, pensé que quedamos en que no se lo dirías a nadie.

–Cambié de opinión –Hannah cerró la puerta del taller–. No puedes esperar que pierdan el tiempo buscándote candidatos si estás pensando en casarte con Sam.

–Desde luego no me gustaría que nadie perdiera el tiempo como lo he perdido yo saliendo con vuestros supuestos candidatos.

–Siento que no salieran bien –dijo Phoebe.

–Estoy segura de que salieron de maravilla. ¿Se ha puesto Lois Carlson lo suficientemente celosa como para volver con Jim como planeasteis? Sé que John Christian pensó que saliendo conmigo ascendería en su trabajo. ¿De verdad pensasteis que Perry Wilson, un hippie que se ha casado varias veces, y yo haríamos la pareja ideal? ¿Y Tom Erickson qué? ¿Tenía pensado llevarse a su novia cuando saliera conmigo?

–¿Qué estás diciendo? –Phoebe le preguntó despacio–. De acuerdo que dije que era demasiado pronto para que Jim empezara a salir con otra mujeres, pero finalmente lo seleccioné porque ha demostrado ser un buen padre. Sí, Perry Wilson ha estado casado dos veces, pero no es un hippie. Vende alimentos dietéticos y vitaminas, y le dijo a Cora que quiere formar una familia.

–Sé que a Tom Erickson le encantan los niños y si está saliendo con alguien, desde luego yo no me he enterado de eso –dijo Hannah–. En cuanto a John Christian, el resto de nosotras objetó, pero Belle insistió puesto que ya que las demás hemos elegido los candidatos pensando en Emilie, ella creyó que alguien debía pensar también en tus necesidades. Le pareció que lo encontrarías divertido.

–Dije que te parecería sexy –dijo Belle.

–¿Por qué piensas que te estábamos engañando?

Addy movió los pies.

–Eso fue lo que me dijo Sam.

–Eso lo explica todo –Hannah negó con la cabeza–. Anoche no pude dormir, pensando en todo esto. Sabía que tendrías un par de minutos libres antes de la clase de marionetas con Emilie, así que le dije a todo el mundo que nos reuniéramos aquí. Necesitamos planear la boda.

Addy tampoco había dormido demasiado. Lo que le había parecido tan razonable en caliente, empezó a parecerle una ridiculez en la fría madrugada. No podía obligar a Sam Dawson a que se casara con ella. Después de pasar horas y horas en vela, solo se le había ocurrido una solución. Tenía que irse de allí. Se llevaría a Emilie a algún lugar en el que ningún canalla, por mucho dinero que tuviera, pudiera encontrarlas. Miró a las cuatro mujeres que le habían ofrecido su amistad y se le formó un nudo en la garganta.

–Gracias, pero no va a haber ninguna boda.

–Si es una cuestión de dinero, olvídalo –le dijo Belle con energía–. Cora tiene flores suficientes en el jardín para tu ramo y para decorar el altar. Yo organizaré un banquete en el hotel, y Phoebe se encargará de las invitaciones y esas cosas. Lo único que tienes que hacer es ponerte lo más guapa posible en tu día.

Las señoras sonrieron satisfechas.

—No, no puedo. No podéis.

Cuatro pares de ojos la miraron angustiados.

—Sabemos que no quieres caridad, Addy —Phoebe habló primero—, pero lo que estamos hablando no tiene nada que ver con eso.

—Es nuestra manera de darte las gracias —dijo Hannah.

—Habíamos caído en la trampa de compadecernos de nosotras misma porque nos sentíamos viejas e inútiles —comentó Belle—. Entonces llegaste tú y nos animaste para que tomáramos clases de manualidades y nos implicáramos en el centro. Ahora, entre las cuatro, hacemos tutorías en un colegio de enseñanza primaria, damos clases de bridge, clases de cocina, y realizamos trabajo voluntario en el consultorio médico. Tú nos has enseñado que aún podemos resultar útiles y productivas aunque tengamos canas y algo de artritis.

—Belle tiene razón, querida. Queremos darte algo a cambio —Cora la miró con los ojos brillantes—. Lo entiendo muy bien, querida. Toda chica sueña con casarse a su gusto. No deberíamos imponerte los planes que hemos hecho para tu boda.

Addy se sintió abrumada por una mezcla de vergüenza, gratitud y la certeza de que no merecía su amistad.

—No se trata de eso —dijo con dificultad—. Sois todas maravillosas, y sé que de haber una boda vosotras la prepararíais mejor que nadie, pero no habrá tal boda. Sam no quiere, es decir, Sam y yo no nos vamos a casar.

—Eso no fue lo que dijiste anoche —dijo Hannah.

—Lo sé —contestó Addy distraídamente—. No sé lo que estaría pensando. Desde que ha llegado Sam mi vida entera se ha vuelto del revés. Lo siento, Hannah, pero me vuelve loca.

—Desde luego no has sido la misma desde que Sam llegó a la ciudad —a Belle le brillaron los ojos tras las gafas de montura de brillantes—. Todo el mundo se ha enterado de la pelea que tuvisteis aquí el otro día —frunció la boca pintada de carmín—. Hannah nos contó lo que pasó en tu dormitorio. A mi marido Al le habría encantado pintarme los pezones de rosa.

—Pero piensa en la suciedad, querida —Cora frunció el ceño—. Si estuvieras en la cama, se te estropearían las sábanas. Y rodar por el suelo como lo hicieron Addy y Sam... Nosotros teníamos moqueta en nuestro dormitorio.

Addy, que estaba perpleja, se volvió hacia Hannah hecha una furia.

—¡Hannah!

—Quisieron saber cómo os habíais prometido.

—Yo sigo pensando que lo que Addy y Sam hagan en la intimidad de su dormitorio es solo asunto suyo —comentó Phoebe con reprobación.

—¡No estábamos haciendo nada! —Addy se identificó con Alicia cuando caía en la madriguera del conejo.

Ocho pares de cejas se levantaron en gesto interrogante.

—No te preocupes, Addy —dijo Hannah—. Me aseguraré de que Samuel se comporte como un caballero y se case contigo.

—No. Fue culpa mía. Me inventé que nos fuéramos a casar. Nunca debería haber dicho nada.

Hannah sonrió a Addy con pesar.

—Es un bonito gesto por tu parte querer cargar con las culpas, pero no es necesario. Si Samuel se niega a casarse, le diré que jamás vuelva a deshonrar mi casa con su presencia —dijo Hannah con expresión seria—. Lo que faltaba. Mi propio nieto viene a mi casa, seduce a una amiga mía y después se niega a hacer de ella una mujer honesta. Estoy tan avergonzada —negó con la cabeza—. Tendré que llamar a su madre. Jo Jo se llevará un gran disgusto. Samuel quizá piense que es un hombre hecho y derecho, pero sus padres tendrán algo que decir sobre su ruin comportamiento, créeme –Hannah hizo una reverencia cuando sus tres amigas se pusieron de pie y la aplaudieron–. Tal vez sea vieja, pero aún veo la diferencia entre lo que está bien y lo que está mal.

–Hannah, por favor –le imploró Addy–. No quiero casarme con Sam.

–Esos son los nervios de la boda, querida –Cora sonrió con nostalgia–. Hace ya tanto tiempo que me pasó a mí. A veces os envidio a las jóvenes que tenéis por delante toda una vida de amor y alegría. Eres tan afortunada, querida.

Addy arrancó un trozo de papel de cocina y se sonó la nariz.

–No me voy a casar –murmuró–. No.

–¿Que les has dicho el «qué»? –gritó Sam y Addy hizo una mueca.

–Ya me has oído. Les dije que ocurrió tan deprisa que decidimos que esperaríamos un poco para convencernos de que era lo que queríamos. Que te volverías a Boston y así veríamos si el tiempo y la distancia alteraban o no nuestros sentimientos.

Sam estaba muy enfadado.

–Los míos desde luego no van a cambiar.

–¿Qué querías que dijera? ¿Que eres un imbécil, y que jamás me casaría con un hombre tan engreído y tan despreciable aunque me pusieras una pistola en la sien?

–¿Quiere decir eso que has cambiado de opinión desde anoche? –le preguntó Sam–. ¿Que me vas a dejar plantado y a romperme el corazón?

–Te estaría bien empleado si insistiera en que te casaras conmigo. Tenían la boda toda planeada ya. Tienes suerte de que aún no hayan reservado la iglesia ni enviado las invitaciones. Cuando intenté explicarles que no nos íbamos a casar, le echaron la culpa a los nervios y a las peleas de enamorados.

–Supongo que no te molestaste en explicarles que no somos ni siquiera amantes.

–Hannah les contó lo de la pintura rosa y lo que tú estabas haciendo con ella.

–¿Por qué yo, Addy? Debe de haber un montón de cretinos a quienes les gusten las paredes en color morado o a quienes no les moleste que les utilicen como póliza de seguros.

–Tú los espantaste –le dijo en tono ácido.

–¿Por eso has montado todo esto? ¿Querías vengarte porque te pareció que te había hecho perder oportunidades? Maldita sea, ni Carlson ni Christian tenían en mente casarse contigo.

–Hannah y las demás disienten con tu análisis.

–¿Qué esperabas que te dijeran? ¿Qué te habían apañado con unos hombres de lo menos adecuado?

–No tienen razón para mentir.

Sam alzó las manos.

–Mi abuela mentiría, engañaría o robaría, y quizá asesinaría para verme casado. Pero no voy a casarme contigo.

–No me grites. Si no te pasaras el tiempo besándome no estaríamos ahora prometidos.

–No estamos prometidos –dijo con rabia.

–Si quieres decirle eso a tu abuela, adelante –esperó a que tuviera la mano ya en el picaporte–. Pero no te sorprendas cuando te ponga la maleta junto a la puerta.

Sam se volvió despacio.

–¿Qué diablos significa eso?

–Hannah piensa que has estado jugando conmigo. Prometiéndome matrimonio, seduciéndome después y finalmente huyendo cuando nos pillaron. Cuando le dije que no nos íbamos a casar, amenazó con llamar a tu madre.

–Tengo treinta y cinco años, Adeline. Aunque mi abuela llamara a mi madre, ¿qué podría hacer esta? ¿Cortarme la asignación mensual?

–¿Aún tienes mensualidad?

—¡No! —chilló—. No me dan ninguna asignación mensual. Solo lo decía para que me entendieras —Sam salió de la habitación dando grandes zancadas.

Addy tomó el buril y completó seis cuentas antes de que Sam volviera.

—¿Has conseguido librarte de nuestro compromiso?

—La abuela se está mostrando un tanto difícil.

—¿Quieres decir que seguimos prometidos?

Sam decidió cambiar de táctica.

—Incluso aunque pasáramos por alto el hecho de que no tenemos nada en común, nuestro matrimonio nunca funcionaría. A nadie le gusta que lo utilicen, y tú me estarías utilizando a mí para quedarte con Emilie.

Addy destrozó una de las cuentas de un puñetazo. Sam Dawson la irritaba más que ninguna otra persona que hubiera conocido en sus veintiocho años de vida.

—¿Por qué la has aplastado? —Sam se asomó a mirar las cuentas—. Son las primeras cuentas bonitas y finas que te he visto hacer. Delicadas, en tonos suaves, muy femeninas.

Sin duda, acababa de describirle el tipo de mujer que prefería. Claro que sus prejuicios con las mujeres no preocupaban a Addy en absoluto. Al momento aplastó las otras cinco cuentas.

Sam empezó a pasearse por la habitación.

—Se me ha ocurrido algo —Addy lo miró—. Estoy dispuesto a aceptar parte de la responsabilidad por el aprieto en el que estamos.

Addy se enojó instantáneamente.

—No sé por qué a nuestro compromiso lo llamas aprieto.

Sam se detuvo junto a la mesa y la miró con cara de pocos amigos.

—Estoy dispuesto a hacer un trato.

—Addy Dawson —dijo ella para pincharlo—. Suena bien, ¿no crees?

—Estoy intentando llevar este asunto de la manera más racional —dijo en tono bajo—. Te has convencido de que el único modo de que no te quiten la custodia de Emilie es casándote. No me voy a casar contigo, pero te ayudaré a buscar marido.

–Perdona –dijo Addy con sarcasmo–. Pero creo que esto ya lo hemos probado antes. ¿Es que crees que soy tonta?

–Si te hubieras molestado en decirme lo que te preocupaba desde el principio, habríamos ideado un plan razonable para tu futuro.

–Estás intentando librarte del matrimonio. Pero, no te preocupes, voy a hacer exactamente lo que tú querías que hiciera desde el principio. Me voy a marchar.

Sam se detuvo en seco.

–¿Marcharte? ¿Vas a huir?

–Llámalo como quieras.

–Yo lo llamo estúpido.

–No todos podemos tener doctorados, doctor Dawson.

–¿Adónde vas a ir? ¿Dónde vivirás? ¿Cómo piensas subsistir? –le estaba ametrallando a preguntas–. No tienes ni la menor idea, ¿verdad? Tú no te vas a ningún sitio.

–¿Y cómo piensas detenerme? ¿Me vas a encerrar en mi dormitorio?

–Por ejemplo. O podría denunciarte por robarle el collar de perlas a mi abuela. Estoy seguro de que Carlson las recordaría, y también lo provocativas que te quedaban entre los pechos la otra noche.

–Hannah me prestó las perlas –dijo Addy con indignación.

–Tu palabra contra la suya. Deja que te aclare una cosa, ella no te defenderá.

–Mentiroso.

–¿Por qué crees que le he permitido a mi abuela que insista en que continuemos con este falso compromiso?

–Porque amenazó con echarte de su casa si te negabas a casarte conmigo.

Sam la miró exasperado.

–No a mí. Sino a ti.

Addy se dejó caer sobre una silla, con los ojos como platos.

–Hannah nunca... Estás mintiendo.

–¿Cuánto tiempo crees que tardará en enterarse toda la ciudad de que nos revolcamos en el suelo de tu habitación? ¿Y qué pensará la gente si no te echa del centro social, donde, según ella misma me recordó, la gente te confía a sus hijos? Y, hablando de niños, no existe ninguna prueba veraz de que Emilie sea tu sobrina. Nadie de por aquí ha conocido jamás a ninguna hermana tuya, ni a ningún miembro de tu familia. Hannah es vieja y duerme profundamente. ¿Quién sabe la cantidad de hombres que han podido colarse en tu dormitorio por el balcón?

–No duerme profundamente. Hannah se despierta cada vez que Emilie se da una vuelta en la cama –Addy estaba aturdida; el susto y la incredulidad la protegían momentáneamente de un dolor que sabría que sufriría después.

–También es una experta manipuladora, así que quita esa cara de susto –Sam dijo en tono áspero–. No cree una palabra de lo que ha dicho. Ha utilizado toda esa bazofia como amenaza para llamarme al orden. Sabe que no me atreveré a ponerle en evidencia.

–¿Llamarte al orden? ¿Ponerte en evidencia? –Addy repitió aturdida.

–¡Eh, Adeline! ¡Despierta! ¿Te has enterado de algo de lo que está pasando aquí? La abuela nos juntó por una simple razón: el matrimonio. No va a tirar la toalla hasta que nos vea salir de la iglesia del brazo.

–Ya que dices que Hannah está fingiendo, podemos ignorar nuestro corto compromiso y el resto es problema mío.

–Estoy dispuesto a jugar a ver quién es más gallito con mi abuela cuando se trata de mi vida. Pero no estoy dispuesto a jugar con la tuya y la de Emilie. Asunto concluido.

–No está concluido. ¿Por qué te iba a amenazar Hannah así?

–Te lo he dicho. Quiere que me case contigo.

–¿Pero por qué?

–¡Pues porque le gustas, maldita sea!

–No tienes por qué gritar.

Sam plantó las manos sobre la mesa y se inclinó hacia delante hasta que casi le rozaba la nariz con la suya.

–¿Prefieres que te lo pinte en rosa en el pecho? –dijo con rabia.

–Gruñir no te va a servir de nada. Te estás comportando de manera emocional, no racional. Necesitamos ver las cosas con calma, objetivamente. Aplicar un poco de lógica al asunto.

Cerró la puerta de la sala con tanta fuerza que toda la casa tembló. Addy le dio quince minutos. Sam volvió a los cinco.

–Tienes toda la razón –dijo tranquilamente–. Necesitamos pensar con claridad y encontrar una solución práctica. Tengo un plan –Sam se sentó frente a ella–. En primer lugar, tenemos que firmar una tregua.

–¿Armada o desarmada?

–Armada, desde luego.

Addy pensó a toda velocidad. Si fingía estar de acuerdo con Sam, él creería que había cambiado de opinión sobre marcharse. Le seguiría la corriente hasta que se marchara, pero en cuanto él tomara el vuelo a Boston, ella lo tomaría a... a cualquier otro lugar.

–Adelante –dijo en tono suave–. Te escucho. Una tregua. De acuerdo.

–Tú estás convencida de que la respuesta a tu problema es un marido, y un marido resolverá también el mío –cuando ella lo miró sin saber qué decía, él continuó hablando con exagerada paciencia–. Si te casas con otro, no podrás hacerlo conmigo. Lo más obvio es que, solo tenemos una semana para buscarte un marido.

–¿Y dónde planeas encontrar a este pobre diablo?

–Buena pregunta. Quizá debamos observar mejor a

los candidatos de Hannah y compañía por si se me pasó alguna cosa. Si ninguno de ellos funciona, debe haber más de cuatro solteros por la zona. Si tuviéramos más tiempo... Hay un par de hombres que trabajan para mí, unos científicos con los que he tenido contacto, maldita sea, incluso sacrificaría a mis propios hermanos.

–¿Entonces prefieres que uno de tus hermanos cargue con la peste bubónica a tener que ser tú?

Sam empezó a colocar las cuentas de Addy en la bandeja donde solía almacenarlas.

–Soy consultor. Me paso más tiempo montado en los aviones que en mi apartamento. Un día estoy en Filadelfia y al siguiente rumbo a Japón. Un tipo que trabaja para mí está con los trámites del divorcio; su esposa decidió que si iba a cuidar sola de su hijo, también debería salir con otros hombres ella sola. La esposa de otro colega lo dejó por un catedrático de universidad; le dijo que quería un esposo que fuera a cenar a casa todas las noches.

–¿Así que por el bien de las mujeres, te vas a quedar soltero toda la vida? –le preguntó Addy con sarcasmo.

–Me gustaría casarme alguna vez –miró a Addy–. No sería el tipo de marido y padre que tú y Emilie queréis.

Addy estuvo a punto de preguntarle por qué estaba tan seguro de eso. Emilie, al menos, aceptaría a Sam Dawson como fuera. En cuanto a Sam... Sam se llevaba con los niños de maravilla. Lástima que él no se diera cuenta de ello. Addy se frotó el codo. Le dolía de amasar barro.

Emilie se meneaba y retorcía, tan emocionada que no podía parar quieta. Addy le dio un pellizco. Estaban esperando a Jim Carlson, que las había invitado a subir en tren al Monte Pikes con él y sus hijos, y Sam no había dicho nada de cómo había preparado la salida. A pesar de las indicaciones de Sam Dawson, no pensaba pasarse el día observando a Jim y a sus hijos para ver qué tipo de padre o de hermanos podrían ser.

–¿Cuánto falta, Addy? –Emilie preguntó con impaciencia.

–El señor Carlson llegará enseguida.

Alguien carraspeó tras la puerta mosquitera.

–Carlson acaba de llamar –Sam salió al porche–. No puede ir. Uno de sus hijos está malo de la tripa.

Emilie abrió mucho los ojos.

–¿No puede venir?

–Lo siento, Emilie. Iremos otro día. El niño del señor Carlson no estará enfermo mucho tiempo. Nos llevará otro día.

Sam se sentó junto a ellas en las escaleras del porche.

–En realidad, probablemente no pasará eso. Cuando su hijo se puso a vomitar en su casa, Jim llamó a Lois, ella fue para allá y bueno... –Sam se encogió de hombros.

–Van a volver –adivinó Addy.

Emilie hundió la cara en su oso de peluche.

–Quiero montar en el tren. Dijiste que montaríamos. Lo prometiste.

–No lo prometí –Addy se agachó para estar al mismo nivel que la niña–. Sé que quieres montar en ese tren, pero no puedo hacer nada, Emilie. No soy un hada madrina. Montar en el tren cuesta dinero, y ahora mismo no lo tengo. A finales de verano, si vendo bien, podremos tomar un tren.

Pero no aquel.

–Chrissy montó en un avión –dijo Emilie en tono lastimero–. Quiero montar en tren.

–Lo haremos un día, cariño –Addy sacó un pañuelo de papel del bolsillo–. Suénate la nariz y regálame una sonrisa –pero Emilie siguió con mala cara–. Sabes que Addy se enfada si no le sonríes –de mala gana, la niña sonrió, y su tía sonrió también antes de darle un abrazo–. Te quiero, Emilie Johnson. Ahora ve a limpiarte esas lágrimas.

Emilie entró corriendo en la casa y cerró la puerta de un portazo. Sam agarró a Addy del tobillo cuando intentó ponerse de pie.

–Sabes, hace años que no tomo ese tren. Y tengo que reconocer que me he puesto celoso cuando he sabido que tú y Emilie ibais a hacerlo –sin soltarle el tobillo, estiró las piernas y se apoyó sobre un codo–. Le compraré a Jim los billetes del tren y podremos ir los tres.

Addy se puso hecha una furia. Cerró los ojos un momento y respiró hondo para calmarse.

–Ya te lo he dicho antes, Emilie y yo no aceptamos donativos –dijo e intentó que le soltara el tobillo.

Él la agarró con más fuerza.

–¿Si te enseñara la foto de una mujer, con mirarle la ropa que lleva y todo eso, podrías hacerle un collar exclusivo para ella? A la mujer que tengo en mente le volvería loca todo lo que tú haces. Estaría dispuesto a pagarte por adelantado –vaciló un momento–. Tenía la intención de decírtelo antes.

Addy intentó soltarse otra vez. No era tonta. Su estilo no iba con el estilo del tipo de mujeres con las que salía Sam. El oro y los diamantes serían más apropiados para sus bellezas de Boston. Addy no dudaba que habría más de una.

A pesar de decir que había tenido la intención de decírselo antes, la idea se la había ocurrido al oír a Addy quejarse.

Addy odiaba la caridad, y no estaba dispuesta a aceptar ni un centavo de Sam.

–Me temo que lo que yo hago es demasiado atrevido para ti.

–Una buena comerciante no rechaza a un cliente, Adeline. Necesitarás el dinero cuando te largues.

Un par de ojos azules la miraron significativamente.

Capítulo 7

¿LARGARME? –preguntó Addy con indiferencia.
–¿Crees que no noto cuando alguien me sigue la corriente? No confías en que pueda encontrarte un marido, pero prefieres callarte a discutir conmigo. Creo que planeas marcharte nada más hacerlo yo.

–Estamos en un país libre. Piensa lo que quieras.

–Veo que no me dices que esté equivocado.

–No he podido decirte nada desde que llegaste a esta casa –respondió Addy.

Sam se puso de pie y se acercó a la puerta mosquitera.

–Emilie, vamos a tomar el tren para subir al Monte Pikes –gritó Sam–. Si quieres venir, baja ahora mismo.

–Te he dicho que no vamos contigo.

Sam se volvió y levantó en brazos a la niña que salió corriendo por la puerta.

–Ve por tus cosas, Adeline. Nos vamos al monte.

Al ver la sonrisa y el brillo en la mirada de Emilie, Addy vio que no tenía elección.

–De acuerdo, pero el billete de Emilie y el mío los pago yo.

Ya se las apañaría después. Tenía que comprarle ropa a la niña antes de que empezara a ir a la guardería en otoño, pero si descosía algunos de sus vestidos...

–¿Me estás oyendo, Adeline? Emilie es mi invitada y su billete lo pagaré yo. Como eres una mujer independiente puedes pagarte el billete con lo que saques del collar que me vas a vender.

–De acuerdo. Te haré ese collar.

–Bien. Te buscaré unas fotos y podrás sacar algunas

ideas y darme un presupuesto; te lo pagaré por adelantado. Si el collar acaba costando más, te pagaré la diferencia –dijo Sam en tono impersonal–. No tengo prisa. ¿Te parece bien para Navidad?

–Bien –Addy fue hacia la puerta.

Para entonces ya estaría bien establecida en otro lugar. Y encontraría el modo de enviarle el collar.

–¿Y estamos de acuerdo en que hoy me encargo yo de Emilie?

–Emilie puede resultar bien difícil en un día de excursión –Addy lo avisó.

–No me importa. No te mareas en el tren, ¿verdad, mequetrefe? –Emilie se echó a reír–. Si tiene que hacer pipí, le buscaré un árbol para que lo haga. Vamos, Addy, prepárate.

Addy decidió que olvidaría sus preocupaciones y la aversión hacia Sam por ese día. Y lo haría por Emilie.

A la media hora se estaban montando los tres en el viejo coche de Addy. Cruzaron Ute Pass y se encaminaron hacia los Manantiales de Manitou, todos contagiados de la alegría de Emilie. La carretera empezó a empinarse y a serpentear entre desfiladeros de rosada arenisca; un arroyo saltaba alegremente entre las rocas. El sol brillaba en un cielo limpio de nubes, tan azul como los ojos de Sam.

–Qué día tan maravilloso. Mira esas nubes que parecen bolas de helado –comentó Addy.

–¿Has traído helado? –preguntó una voz esperanzada desde el asiento de atrás.

–¿Por cierto, qué has traído? –le preguntó Sam–. Ese bolsón que has metido en el maletero pesa más que la pequeñaja. Tienes que haber metido un montón de comida.

–Bueno, no tanta. Cuatro sándwiches de jamón, patatas fritas, tres manzanas, una docena de galletas integrales, limonada, y eso es todo.

–Tal vez podamos darle a Emilie un par de migajas –dijo Sam.

–Sí, tal vez –Addy vio un sitio donde aparcar y metió el coche en el atestado aparcamiento.

–Y a lo mejor si vosotras dos no os lo coméis todo, yo podría comer las sobras –añadió Sam.

–A lo mejor.

–¿Tendré que postrarme a tus pies?

Addy apagó el motor del coche.

–Más te vale.

Las risas de los turistas y el zumbido de los colibríes inundaba el aire.

De repente Addy se sintió tan bien y tan libre como Emilie. Sabía que sus problemas no desaparecerían montándose en un tren, pero la idea de huir de ellos aunque fuera tan solo durante unas horas le hizo sentirse aturdida.

–Si me lo pides de rodillas, a lo mejor te daré un poco –dijo Addy y sonrió a Sam con una de sus sonrisas más deslumbrantes.

Sam no se movió del asiento, sino que se la quedó mirando con una expresión extraña.

–Era una broma –se apresuró a decir–. He traído comida suficiente para todos, pero si prefieres, hay un sitio donde comprar comida aquí en la estación. ¿Por qué me miras así?

–No sonríes lo suficiente. Nunca he notado que Emilie tenga la misma boca y la misma sonrisa que tú.

–Estabas demasiado ocupado fijándote en nuestras pecas.

Addy subió los cristales de las ventanillas y sacó las cosas.

Después de subir al tren Addy se relajó en el asiento y miró por la ventana mientras el tren empezaba a moverse por la empinada línea del ferrocarril. Un torrente se precipitaba entre unas rocas grandes y lisas, y enormes piedras de granito se levantaban entre los matorrales de flores amarillas, de pálida lavanda y geranios silvestres; los álamos temblones se agitaban a la sombra de los abetos. Una enorme mariposa blanca y negra salió de una aguileña de flores azules.

Por un oído, Addy escuchaba los comentarios del revisor que pasaba recogiendo los billetes; por el otro iba siguiendo la conversación de Sam y Emilie, en la que él le explicaba el mecanismo por el cual funcionaban los trenes. Addy sabía que la niña no estaba entendiendo ni la cuarta parte de lo que Sam le estaba diciendo, pero la fascinación que se dibujaba en el rostro de Emilie no tenía mucho que ver con el mecanismo que movía el tren colina arriba y todo que ver con ser en ese momento el centro de atención de Sam. Addy sintió una punzada de celos; ella deseaba ser el centro de atención de aquellos ojos. La insensata confesión la pilló desprevenida.

El doctor Samuel Dawson era un hombre atractivo, aunque también peligroso. Peligroso para Addy. Había irrumpido en su vida con sus acusaciones y su desprecio, con su obsesión por vengarse. Y de pronto, inexplicablemente, un extraño anhelo se había apoderado de ella muy despacio, de su cuerpo y de su pensamiento. Tenía la molesta sensación de que le faltaba algo en su vida, y eso le ponía nerviosa y de mal humor. Con sus besos, sus sonrisas y esos ojos de mirada sensual, Sam la confundía totalmente.

–¡Mira! ¡Una ardilla! –Emilie saltó del asiento y señaló por la ventana.

–Una marmota de vientre amarillo –dijo Sam, lanzándose a darle una explicación de las diferencias entre ambos mamíferos.

En la ladera del monte crecían macizos de nomeolvides azules. Sam pronto volaría a Boston. Addy intentó quitarle importancia al nudo que se le formó en el estómago. Emilie se olvidaría de Sam con la emoción del comienzo de curso en el jardín de infancia. Addy se preguntó si ella sería capaz de olvidar con tanta facilidad.

Se concentró en el paisaje. Había ido allí a disfrutar de las vistas, no a pensar en lo que nunca podría ser. Al sur se levantaba la Cordillera Sangre de Cristo con su

pico más alto, El Pico Español. En el aire claro y traspa-
rente los montes parecían más cerca de lo que en realidad estaban. Un mera ilusión. La vida estaba llena de
ilusiones.

Al menos eso parecía por lo que dijo una de las turistas.

—Qué bien se lleva con ella, ¿verdad?

La mujer señaló a Sam que estaba de cuclillas junto
a Emilie, ya en la cima del Monte Pikes inspeccionando
los copos de nieve que caían sobre la manga de la cazadora de Emilie.

La mujer siguió hablando.

—Me gusta cómo se ocupan hoy en día los padres de
sus hijos. Mucho mejor que antiguamente, cuando el
padre solía ser un hombre de cara seria que daba órde-
nes e imponía castigos. Su niña desde luego se parece a
su padre, tiene sus mismos ojos azules, pero también
veo que ha heredado sus pecas —al oír la voz impaciente
de una mujer de mediana edad, la señora le sonrió—. Esa
es mi hija. Que usted y su familia pasen un buen día.

—Gracias —consiguió decir Addy—. Ustedes también.

La mujer había pensado que los tres formaban una
familia, compuesta por padre, madre e hija. Addy con-
templó las pendientes que bajaban hacia Colorado
Springs, ignorando los turistas que tomaban fotos a su
alrededor. Un brisa fresca le enfrió la cara y le llegó el
olor de las rosquillas que Sam había comprado para todos en una tienda que había en lo alto del monte. Emilie
se estaba comiendo la suya subida a hombros de Sam;
este iba caminando y leyéndole a Emilie lo que decían
los distintos carteles, y explicándole cosas.

A pesar de los recelos de Sam, algún día sería un padre maravilloso para algún niño afortunado. Ese niño
no sería Emilie. Por el bien de su sobrina, Addy sintió
un enorme pesar.

Algo que Sam no parecía compartir.

—No —le había dicho con facilidad a un señor mayor
que iba sentado junto a Addy cuando iban ya descen-

diendo en el tren—. Emilie no es mi hija —Sam sonrió a la niña que dormía sobre sus rodillas—. Es la sobrina de esta señorita.

—Es una nena preciosa —el hombre se volvió hacia Addy—. Es un buen detalle por parte de usted y de su marido traerse a su sobrina.

—No estamos casados —dijeron los dos al unísono.

El hombre negó con la cabeza.

—Estas generaciones modernas. Supongo que son de esas parejas que viven juntas, pero que no se molestan en casarse.

Addy se puso como un tomate.

—Nosotros no vivimos juntos —se apresuró a decir—. Sam está en la ciudad visitando a su abuela.

El hombre resopló.

—¿Hijos, dónde estaríais vosotros si los de mi generación no nos hubiéramos casado y tenido hijos? —ignoró los gestos de su esposa intentando silenciarlo—. Mary y yo llevamos cincuenta años casados. Tenemos cuatro hijos y diez nietos. Creemos en el matrimonio.

—Entonces es usted el caballero que debe convencer a Addy de que necesita casarse. Está educando a su sobrina, y estoy seguro de que está de acuerdo conmigo, señor, en que esta niña necesita un padre.

—¿Por qué no quiere casarse con él?

El hombre miró a Addy.

Addy lo habría empujado del tren de haber podido. En lugar de eso bajó la vista y dijo en tono remilgado:

—Rechazó mi proposición.

Sam se echó a reír, en absoluto desconcertado.

—Acordamos que no estamos hechos el uno para el otro. Se casará con otra persona, en cuanto demos con la más adecuada. Usted lleva casado el tiempo suficiente para ser, digamos, una autoridad en esto del matrimonio. ¿Qué virtudes y requisitos son los que deberíamos buscar en un futuro marido para Addy y en un padre para Emilie?

De haberle ofrecido un millón de dólares, el hombre no podría haberse alegrado más.

–En primer lugar...

Y eso fue solo el comienzo.

Sam le pasó la niña a Addy con cuidado, sacó un lápiz y un cuaderno y empezó a tomar nota. Al momento la esposa del señor se unió a la conversación, después lo hicieron cinco personas que había sentadas al lado de la señora. Cuando el tren se detuvo en la colorida estación, Sam había hecho un sondeo entre todos los ocupantes del vagón, solicitando su consejo y escuchando sus opiniones. Emilie se despertó en brazos de Addy.

–Creo que te has pasado un poco al pedirle al revisor si te permitía usar su micrófono –dijo Addy aún muy enojada, mientras se montaban en el coche unos minutos después.

–Uno nunca tiene demasiada información –Sam le dijo con convencimiento–. Desde el punto de vista de los estudios científicos no ha sido demasiado exacta, pero me he hecho de un montón de datos basados en la práctica. Una vez transcritas mis notas y clasificados los datos, tendremos el perfil de personalidad del marido perfecto para ti. A partir de ahí, se trata nada más que de comparar el perfil con los solteros disponibles y... –en voz alta empezó a canturrear la marcha nupcial.

Addy deseó no haberse comido la tercera rosquilla en lo alto del monte, porque de pronto sintió náuseas.

Addy vio la carta nada más entrar en la penumbra del vestíbulo. Hannah la había colocado sobre una fuente de plata que había en la mesa pequeña. Sam y Emilie dijeron que estaban muertos de hambre y se fueron directamente a la cocina. Addy retiró la carta de mala gana y subió las escaleras para refugiarse en la intimidad de su habitación.

El antiguo abogado de Lorie le había enviado la carta sin ningún comentario. Primero la leyó por encima y después más tranquilamente.

–¡Addy, Addy! –la voz chillona de Emilie le llegó por las escaleras–. Ven a ver.

–Vale, ya voy.

Dobló la carta cuidadosamente y se la metió en el bolsillo de su falda morada.

Sam y Emilie estaban sentados a la mesa de la cocina. Sam se estaba comiendo un sándwich del cual caían goterones de gelatina color rosada.

–Yo preparé los sándwiches –dijo Emilie con orgullo–. Sam los vasos de leche.

Había un plato con un sándwich para Addy.

–Muy bien –dijo Addy distraídamente.

Se sentó a la mesa, pensando en lo que había leído en la carta que en ese momento tocaba con la mano.

–¿Le pasa algo al sándwich? –preguntó Sam pasado un rato.

–¿Qué? Oh, no. Nada en absoluto.

–¿Entonces por qué no te lo comes?

–Bueno, supongo que no tengo mucha hambre.

Sam arqueó una ceja, pero no hizo ningún comentario y siguió hablando con Emilie sobre el viaje en tren.

Addy tenía que pensar, que hacer planes. Le daba vueltas y vueltas a la cabeza y siempre volvía a la misma conclusión. Tenía que agarrar a Emilie y salir de allí antes de que aquel monstruo llegara para quitarle a su sobrina.

Una vez tomada la decisión, Addy sintió un poco de paz. No todos estarían de acuerdo con su decisión, pero era la mejor. Si se quedaba allí sería como darse por vencida. Addy miró a su alrededor y vio que Sam y Emilie ya no estaban sentados frente a ella.

Al momento entró Sam solo.

–Emilie está con la abuela. De acuerdo, ¿qué problema hay?

–Ninguno. No pasa nada. Todo va bien. ¿Por qué lo preguntas?

En lugar de contestarle, miró el plato; Addy miró también. Había hecho bolitas del sándwich aplastado y las estaba enrollando sobre el plato. Addy buscó una servilleta y se limpió los dedos.

–Estoy bien –repitió.

Pero ella sabía que no podría haber engañado ni a un niño pequeño.

–No me vengas conque estás bien porque se ve a la legua que no lo estás. ¿Qué ha pasado desde que entramos en la casa hasta que bajaste a la cocina? –la miró con intensidad–. Ah... Ya sé; el correo. Has recibido una carta. ¿Otra más de tu remitente anónimo?

Addy sacó la carta del bolsillo sin decir nada y se la pasó a Sam.

Querida señorita Johnson,

–¡Vaya! –exclamó Sam–. Esta va dirigida a ti, no al abogado de tu hermana. ¿Te la ha enviado directamente o a través del abogado?

–A través del abogado.

Pero Addy sabía que el remitente estaba cada vez más cerca.

Supongo que el abogado de su hermana le ha enviado las otras dos cartas que le escribí buscando información sobre la niña nacida de la señorita Loraine Johnson y de William R. Burgess hijo. Al no recibir respuesta a esas cartas, decidí comenzar a hacer mis propias averiguaciones. Actuando sobre la base de información que creía exacta, contraté a un detective privado para que buscara en los registros de todos los hospitales del estado de Colorado con el fin de encontrar el de la niña.

–Ni siquiera un amigo de Lorie se habría tomado tantas molestias e incurrido en tantos gastos –comentó Addy, sorprendida de que le saliera la voz–. Sigue leyendo.

Ahora ya sé que una mujer llamada Loraine Johnson dio a luz a una niña llamada Emilie Adeline el

*treinta de agosto de 1992 en Denver. En su partida de
nacimiento se indica que el padre es desconocido. Supongo que esta niña es la niña de la cual estoy buscando información.*

*Investigaciones posteriores llevaron al detective
hasta el apartamento donde vivían cuando nació Emilie. Tras mostrar una fotografía de Loraine a los vecinos, nos dijeron que usted y Emilie se habían marchado
a vivir a otro lugar tras la muerte de su hermana. Los
vecinos no supieron decirle al detective a dónde se habían mudado, pero solo será cuestión de tiempo antes
de que el detective dé con ustedes.*

Sam dejó de leer y la miró.

–¿Por qué os marchasteis? ¿Para que no os persi-
guiera?

–No. Eso nunca se me pasó por la cabeza... No se me
ocurrió decirle a la gente que no dijera nada, porque
nunca creí que fuera a seguirnos. Me mudé porque allí
había demasiados recuerdos tristes. Quería que Emilie
se criara en un lugar feliz. Desde entonces nos hemos
mudado varias veces... Unas veces porque nos subieron
el alquiler, otra porque los dueños decidieron vender,
otra porque no me gustaba el barrio para Emilie... –su
voz se fue apagando–. No se me ocurrió que tuviera que
esconderme, pero aun así, le llevará un tiempo encontrarnos.

Sam empezó a decir algo, pero se calló y centró su
atención de nuevo en la carta.

*Tengo cierta urgencia por localizar a la niña y cono-
cer las circunstancias de su situación actual y que-
darme satisfecho de que la niña goza de bienestar. Me
gustaría encontrarme con usted y su marido, si está casada, en el lugar y hora que usted elija. Estoy más que
dispuesto a viajar a Colorado en cuanto me avisen.
Como podrá comprender, estoy deseoso de conocer a la
gente que está educando a Emilie y, por supuesto, a la*

niña en persona. Como he mencionado anteriormente,
me gustaría discutir asuntos concernientes a la niña
con usted. Le aseguro que serán en interés suyo y de la
niña que acordemos celebrar esa reunión. A la espera
de que se ponga en contacto conmigo muy pronto, le sa-
luda afectuosamente, William Burgess.

Addy no pudo soportarlo más. Se puso de pie de un
salto y empezó a pasearse por la pequeña cocina.

—El muy canalla. Es un gusano despreciable. ¿Quién
demonios cree que es? Después de tantos años, y piensa
que puede llevársela.

—Quizá solo quiera comprobar que la niña está bien.
Lo único que dice es que quiere conocerla.

—¿Es que no lo entiendes? —Addy chilló—. Planea
quitarme la custodia. Pero yo no le dejaré; no podrá
quedarse a la niña. ¿Cómo se atreve? —apartó una silla
de su camino—. ¿Dónde estaba él cuando había que
darle de comer cada cuatro horas? ¿Dónde estaba
cuando su madre nos abandonó? ¿Dónde cuando estaba
enferma y había que mecerla durante horas? Estaba allí
en Hollywood, seduciendo a más jóvenes aspirantes al
estrellato, ahí es donde estaba. No es suficiente que ma-
tara a Lorie, quiere destruir también a su hija. Pero yo
no lo dejaré. ¿Me oyes? No se lo permitiré —concluyó
con énfasis.

—Tú no sabes...

—No te atrevas... —Addy se dio la vuelta— a decirme
lo que sé y lo que no sé. Lo sé muy bien. Él es malo. Le
arruinó la vida a una chica joven e inexperta y la con-
virtió en alguien desconocido para mí. En alguien duro,
cruel, feo... —se volvió de espaldas a él y se metió el
puño en la boca, mordiéndose los nudillos.

Sam fue hasta ella y le puso las manos sobre los hombros para tranquilizarla.

—Vamos, Adeline, cálmate...

—Eso fue lo que le dije a mi hermana —se echó a reír
con amargura—. Solo son dos años, Lorie, le dije. No te-

níamos dinero suficiente. Nuestros padres tenían un seguro de vida bastante bajo. Nuestros parientes fueron todos amables, pero éramos cargas para ellos, y lo sabíamos. Nos enviaban de una casa a otra, repartiéndose la carga, según le oí decir un día a mi tía Marie.

—No entiendo qué...

—Si no iba entonces a la universidad, perdía la beca. No podía arriesgarme a que no me dieran otra. Ella tenía dieciséis años. Solo serían dos años. Pensé que no pasaría nada, pero me equivoqué. Era demasiado bonita. A los chicos les gustaba demasiado, y a las chicas no lo suficiente. Ella no se dio cuenta de lo que estaba ocurriendo hasta que fue ya demasiado tarde. A ella los chicos la llevaban al parque, pero a los bailes llevaban a otras chicas más respetables. Lorie no tenía amigas. Nos habíamos mudado demasiadas veces. Solo me tenía a mí. Y yo lo único que quería hacer era irme a la facultad.

—No te culpes; hiciste lo normal.

—Lloró y me rogó para que no me marchara. Y yo le dije que se calmara. Dos años después le pedí que fuera a la facultad. Ella no tenía beca, había empezado a sacar notas muy bajas, pero pensé que si las dos nos poníamos a trabajar mientras estudiábamos y conseguíamos algún préstamo...

Me miró fijamente a los ojos y me dijo que como yo había tenido tantas ganas de irme a la facultad sin ella, que podría seguir allí sola.

—¿Fue entonces cuando se marchó a Hollywood?

—Ni siquiera sé de dónde sacó el dinero para pagarse el viaje —dijo Addy.

Tampoco quería saberlo. Después de marcharse Lorie, el marido de su tía le dejó caer muy enfadado algo sobre un chantaje. Después de esas vacaciones, Addy no volvió a visitar a esos tíos y sospechó que su decisión de mantenerse alejada más bien les hacía sentir alivio.

—Mi hermana creyó que la facultad me importaba

más que ella. ¡Pero qué ridiculez! –dijo Addy–. La quería más que a nadie en el mundo. Pensé que estaba haciendo lo correcto para nuestro futuro.

–Y así lo creo yo.

–Me convencía a mí misma de ello. Porque quería ir a la facultad. Quería que la gente dejara de sentir lástima por mí, por nosotras. Pero mi egoísmo mató a mi hermana. No debería haberla dejado nunca. Estoy segura de que podría haber conseguido otra beca, un préstamo, algo... Si me hubiera quedado con ella no habría empezado a caer cuesta abajo.

–Lo que pasó no fue culpa tuya.

Addy se soltó y lo miró sin llorar.

–No me has estado escuchando. Yo maté a mi hermana. De haberle disparado a la cabeza no la habría matado mejor que el día en que la dejé sola.

–Adeline, no puedes...

–Nunca me separaré de Emilie. Jamás. Si tengo que mentir, engañar, robar...

–O casarte.

Addy lo miró fijamente.

–O casarme.

–De acuerdo. Pues cásate conmigo.

Capítulo 8

SOLO EL tic tac del reloj se oía en la cocina. Addy miraba a Sam atónita; y él parecía tan sorprendido como ella. La proposición matrimonial lo había pillado también desprevenido. Gracias a su patética confesión, Sam Dawson se había lanzado a hablar sin pensar, seguramente por primera vez en su vida.

Sam pestañeó y el pánico desapareció de su mirada, tan rápidamente que Addy podría pensar que se lo había imaginado. Pero no había sido así.

Si aceptaba, él se casaría con ella y Emilie tendría un padre. Addy podría fingir no saber que la posibilidad de casarse con ella horrorizaba a Sam. Aunque quizá se estuviera equivocando y Sam quisiera casarse con ella de verdad. Solo había un modo de averiguarlo.

−¿Por qué has dicho eso?

−Adeline, desde que he llegado a Colorado has estado obsesionada con la necesidad de encontrar marido −dijo con paciencia exagerada−. ¿Cuántos otros hombres disponibles conoces?

Su pregunta contestó la suya. Le había propuesto en matrimonio por lástima. Además, él no estaba que se dijera disponible.

−¿Y qué hay de tu belleza de Boston?

−No tengo a ninguna mujer esperándome en Boston.

−¿Mentiste entonces? Maldito seas −tenía ganas de darle un tortazo−. Sabía que te lo habías inventado. Lo sabía. Solo lo hiciste por compasión.

Al igual que su involuntaria propuesta matrimonial. Addy empezó a pasearse por la cocina y al pasar junto a la mesa le dio una patada a la pata del mueble.

—Odio la caridad. La odio, la odio, la odio.

—¿Quieres dejarte de rabietas y decirme lo que te pasa?

—La mujer para la que se supone que querías que te diseñara un collar.

De pronto Sam entendió de lo que estaba hablando.

—No es de Boston, es decir...

—Donde viva no tiene importancia —Addy quería ponerse a gritar—. Lo importante es que existe.

Sam la miró sorprendido.

—¿Y ella importa?

—Por supuesto que importa, pedazo de idiota —todo importaba, nada importaba—. Si estás prometido a ella.

Addy empezó a echar los platos sucios en el fregadero y se puso a fregar con todas sus fuerzas.

Sam rescató los platos y los metió en el lavavajillas.

—Ninguna mujer, ni de Boston ni de otro sitio, está esperando una proposición matrimonial mía. A nadie se le romperá el corazón cuando nos casemos.

—Nunca quisiste el collar; ahora te debo el billete de tren.

—Estás muy nerviosa. Cálmate para que podamos discutir esto tranquila y razonablemente.

—No estoy nerviosa —gritó Addy—. Te voy a matar, pero no estoy nerviosa. Debería haberme dado cuenta. Lo sabía. A ti ni siquiera te gustan las cosas que hago. ¿Por qué ibas a querer que tu novia llevara uno de mis collares?

Sam suspiró.

—Bien. Trataremos primero el asunto del collar. Quiero que me hagas uno. Te lo he encargado y te lo pagaré, aunque vayas a ser mi esposa. Déjame terminar —dijo al ver que abría la boca—. En cuanto a que me guste o no me guste lo que haces, mis gustos son irrelevantes. Las mujeres que yo conozco se visten como ellas quieren.

—Teniendo en cuenta el modo en que te pusiste a criticarme desde el día en que llegaste a esta casa, me cuesta creer que haya mujeres a tu alrededor que lleven otra cosa que no sean batas blancas.

—Esta en particular viste siempre de negro; de día y de noche.

—¿También duerme con camisones negros?

—¿Ya que no se pone joyas para dormir, qué más te da con qué duerma?

—Me importa un comino —soltó Addy.

—Entonces deja de intentar sonsacarme información sobre mi vida sexual —le dijo en tono suave—. Aún no estamos casados.

Addy se puso como un tomate.

—Tu vida sexual no me importa y, además, no me voy a casar contigo. Solo me he interesado por su ropa porque eso me ayudará a personalizar el collar.

—Siempre viste ropa de corte sencillo en color negro, y le gustan los collares y las pulseras grandes. Tiene collares que ha comprado en distintos países del mundo; y son de perlas, gemas y cuentas hechas de cualquier material que pueda ocurrírsete. Cuanto más exóticas, mejor —Sam la miró de manera burlona—. ¿Quieres saber algo más? Su desayuno favorito es el sándwich de plátano y manteca de cacahuete, y le encanta que se lo lleven a la cama.

—Estoy segura de que eso me bastará.

Sabía lo que se ponía para dormir, lo que desayunaba. Estaba claro que había pasado noches con ella, en su cama.

—Hay algo más, Adeline. La mujer para la que quiero que hagas el collar es mi madre. ¿Y ahora —le dijo con educación— podríamos centrarnos en el tema de nuestro matrimonio?

—No.

¿Esperaba que creyera que quería un collar para su madre?

Sam suspiró de nuevo.

—¿Qué más quieres que discutamos sobre el collar?

—Quise decir que no. Que no voy a casarme contigo.

Probablemente querría regalarle el collar a alguna mujer como regalo de despedida. O tal vez no tenía intención de despedirse de nadie. No era como si estuviera locamente enamorado de Addy.

—Adeline, me hicieron venir aquí para casarme...

—Yo no tuve nada que ver con esa carta. Yo nunca quise casarme contigo. No quiero casarme contigo y no lo voy a hacer.

—¿Por qué no?

—Porque no quiero. ¿Qué crees que eres? ¿Algún tipo de dios cuya proposición matrimonial ninguna mujer puede atreverse a rechazar... —se quedó pensativa un momento— a pesar de haber sido una proposición tan horrible?

—Perdona —dijo en tono sarcástico—. No pensé que fuera el momento adecuado para traer champán y rosas rojas y ponerme de rodillas. Pensaba que te estaba echando una mano.

Una mano. En lugar de pedirle la mano en matrimonio. Addy se agarró al respaldo de la silla. Lo hacía por lástima.

—Esta carta, tu oferta... Estoy muy confusa —en parte era verdad—. Necesito tiempo para pensar —también era verdad—. Más tarde te comunicaré mi decisión —eso quizá no fuera tan cierto.

Sam la miró a la cara.

—¿Te muestras reacia porque crees que tengo otra mujer en alguna parte?

—No.

—Como me has dicho repetidamente, no soy el mejor partido del hemisferio occidental, pero creo que podríamos llevarnos bien.

Parecía tan sincero. Addy casi podía creer que había conseguido convencerse a sí mismo que no le importaría casarse con ella. Casi. Sin duda planeaba casarse con Addy, darle a Emilie su apellido y luego volver a Boston donde no tendría que volver a verlas nunca más.

—Te preocupa que no sea un buen padre para Emilie. Es eso, ¿verdad? —le preguntó.

Addy lo miró sorprendida. Sería un padre maravilloso para su sobrina.

—No digas ridiculeces —soltó con rabia—. Solo necesito tiempo para pensármelo. Para analizar todo con sensatez.

Abandonó la cocina, subió las escaleras y entró en la sala de estar.

Hannah estaba subida a una escalera de tijera y al verla se asustó.

—Santo cielo, Addy, me has dado un susto de muerte.

Se volvió y descolgó el vestido de novia de la abuela de Addy, que estaba colgado en un gancho de la pared de la sala y se lo pasó con mucho cuidado a Emilie.

Addy se paró en seco.

—¿Qué estáis haciendo?

—Bajando tu vestido de novia. Quizá haya que arreglarlo un poco, y no vendría mal que lo aireáramos también.

Emilie, consciente de la enorme responsabilidad que le habían dado, caminó despacio hacia el sofá y allí depositó el vestido con sumo cuidado. Inmediatamente se volvió y corrió hasta donde estaba Addy.

—La tía Cora dice que puedo llevar rosas de color rosa.

—¿Cómo? —dijo Addy mientras ayudaba a Hannah a bajarse de la escalera.

—Para nuestra boda —Emilie volvió corriendo al sofá y acarició la seda blanca que el tiempo había vuelto algo amarillenta—. Vamos a casarnos con Sam. ¿No estás contenta, Addy?

Addy sintió distintas emociones agolpándose en su interior. Pero la felicidad no era una de ellas.

Sentada en el salón principal de Hannah, las cuatro mujeres sonrieron y miraron expectantes a Addy cuando entró después de acostar a Emilie. Addy respiró hondo y se lanzó.

–Hannah me ha dicho que ibais a venir para discutir los preparativos de la boda –todas asintieron con la cabeza sin dejar de sonreír–. ¿No recordáis que os dije que no pensamos casarnos en un tiempo? ¿Que íbamos a ver cómo iban las cosas cuando Sam volviera a Boston?

Addy tenía la intención de cortar por lo sano.

–Sí, querida, pero eso fue antes de que tuvieras que casarte.

–¿Tener que casarme? –preguntó Addy–. Cora, yo no tengo que casarme

–No es nada malo –dijo Phoebe–. El señor Carlson, el padre de Jim, aconsejaba a las madres jóvenes a casarse por el bien del bebé.

Addy se volvió hacia la que había sido secretaria en un despacho de abogados toda su vida.

–¿Nada malo? ¿Bebé? Yo no estoy esperando un bebé.

Belle se echó a reír.

–Pues claro que no. Hannah dijo que el padre de Emilie amenazó con llevarse a la niña si no te casabas, así que Sam se ofreció a casarse contigo. Siempre hemos dicho que Emilie necesitaba un padre.

–No tienes por qué preocuparte por Sam. Él es el mayor y siempre ha cuidado de sus dos hermanos. Qué bichos eran esos dos –añadió Hannah con cariño.

–Sé que será un padre estupendo, pero no estoy segura...

–Por supuesto que no, querida. El matrimonio es un gran paso y es difícil estar segura, pero el amor allana el camino.

A Addy se le formó un nudo en la garganta. Desde luego eso no tenía nada que ver con Sam y con ella. Al menos, no con Sam.

–Las cosas no son como tú piensas. El hombre no me ha amenazado abiertamente. Aún no sé lo que voy a hacer, y...

–Haz lo que te diga Sam, querida.

–No tengo intención de hacer algo solo porque Samuel Dawson me lo diga.

–Mejor para ti –dijo Hannah enérgicamente–. Sam tiene la tendencia a ser un poco mandón. Es así porque es el mayor. Pero tú no te dejes mandar. Bueno –dijo su autoritaria abuela–, Sam tiene que volver el lunes a Boston, así que la boda será el sábado por la tarde. Yo quería que fuera por la mañana, pero la capilla ya estaba reservada para esa hora. No podréis iros de luna de miel, pero al menos podréis pasar la noche de bodas en una suite nupcial.

–No me lo puedo creer –murmuró Addy.

Estaban chocheando. Si les seguía la corriente, acabaría camino al altar con el vestido de su abuela. Un vestido que en ese momento se secaba en el tendedero después de que Hannah lo hubiera lavado a mano en el enorme fregadero.

–Lo sé –Cora sonrió de oreja a oreja–. El amor puede volverte la vida del revés.

Addy sintió como si acabara de entrar en un hospital psiquiátrico. Estaba tan desesperada que no sabía qué decir.

Phoebe repasó su lista.

–Llamé a May, la de la tienda de niños. Tiene al menos tres vestidos que dice que serán perfectos para Emilie. He quedado con ella en la tienda mañana, y me traeré los vestidos para que Emilie se los pruebe y escoja el que más le guste. Sam puede ocuparse de las alianzas.

–¿Te parece bien el caviar, Addy? –le preguntó Belle–. A mí nunca me ha gustado demasiado, pero si a ti...

–Yo nunca lo he probado.

–Tal vez deberíamos servirlo –dijo Belle pensativamente–. ¿No es una de esas cosas que vuelve locos a los hombres?

Addy salió corriendo de la habitación y consiguió no hacerlo gritando.

Sam estaba sentado en la sala de atrás, delante de la pantalla del ordenador.

–Sam, tienes que detenerlas, se han vuelto locas.

–Espera un momento. Deja que termine de leer mi correo electrónico.

Sam se volvió hacia ella y la miró con sus penetrantes ojos azules.

–¿Qué diablos te pasa? ¿Quién se ha vuelto loca?

–¡Ellas! ¡Están planeando nuestra boda!

–Si no te gusta algo, dilo –dijo en tono razonable–. Es nuestra boda.

–¡No es mi boda!

–¿Qué boda están planeando entonces?

–¡La mía! ¿Es que no me estás escuchando?

Sam entrecerró los ojos y le puso la mano en la mejilla.

–Tienes la cara caliente. A lo mejor te ha dado mucho el sol hoy.

–¡No!

–Espero que no te vayas a poner enferma. No me gustaría que te perdieras tu propia boda. A las mujeres se supone que les gusta todo ese lío del vestido, las flores y todo lo demás. Un juez de paz me habría parecido bien a mí, pero la abuela dice que no sería justo para ti.

Addy se quedó helada.

–¿Sabes que están ahí dentro planeando la boda? –Sam asintió–. Creí haberte dicho que quería pensarme tu proposición.

–Dijiste que de manera tranquila y razonable –le rodeó la cintura con un brazo–. Sabía que después de estudiar todos los datos llegarías a la misma conclusión que yo. Accederías a casarte conmigo.

La mano de Sam le quemaba la piel bajo la túnica.

–¿Y por qué iba a hacer eso? –Addy intentó librarse de su brazo.

Pero él la abrazó con más fuerza.

–Es una cuestión de medios. Yo soy el único que te queda –le pasó un dedo por el cuello–. No me importa la ropa que lleves puesta. Incluso he estado pensando en una bata blanca.

–¿Bata blanca?

Ella quería discutir su idea de casarse, pero su mente se negaba a pensar en otra cosa que no fuera el dedo de Sam quemándole la piel.

Le bajó la túnica de modo que le quedaron los hombros al aire.

—Llevo aquí sentado desde la cena intentando trabajar. Me pongo a mirar la pantalla y en lugar de ver gráficos me imagino que llego a casa y te encuentro sentada a la mesa trabajando con tu joyería, y cuando te das la vuelta llevas puesta una bata blanca. Una bata blanca corta. Y nada más.

—Casi nunca visto de blanco —Addy temió respirar, por si acaso se le resbalaba la túnica y le dejaba los pechos al descubierto.

Sam le sonrió despacio, con picardía, disfrutando de su dilema. Se inclinó hacia delante y le pasó la punta de la lengua por los labios. Addy abrió la boca y soltó un trémulo suspiro. La suave tela de algodón resbaló hasta la cintura. La brisa del ventilador del techo le acarició los pechos desnudos.

—Belle se pregunta si quieres champán y Cora quiere saber de qué color debe elegir las rosas, pero quizá este no sea el mejor momento —les llegó la inesperada y alegre voz de Hannah.

Sam abrazó a Addy y le subió la túnica.

—No, abuela —dijo Sam tranquilamente—. No creo que este sea el mejor momento.

Addy no pudo resistir la tentación. Levantó la cabeza y miró a Hannah. La viejecita le sonreía jubilosa. A Addy le entraron ganas de llorar.

Sam esperó hasta que su abuela saliera al pasillo para hablar.

—Lo siento. La próxima vez me acordaré de cerrar la puerta y echar el cerrojo.

Addy pensó en decirle que no habría próxima vez, pero nadie parecía hacerle caso en esa casa. Ella se puso de pie, pero Sam no intentó detenerla. ¿Por qué iba a hacerlo? Necesitaba una bata blanca para inspirarse.

—Addy, no hay otra alternativa —dijo Sam con una mezcla de compasión y cierto pesar.

Addy no se molestó en contestar, sino que salió de la habitación y cerró la puerta. Detestaba pensar qué podría haber ocurrido si hubiera cerrado la puerta cuando había entrado en la habitación.

El hecho de que Hannah la hubiera pillado otra vez medio desnuda en brazos de Sam destruía cualquier posibilidad de convencer a las señoras de que Sam y ella no iban a casarse. Pero Addy sabía que no lo iban a hacer. Ni el sábado por la tarde ni ningún otro día.

Dios mío, qué dolor de cabeza. No podía casarse con Sam ni quedarse allí. Escapar era más necesario que nunca. Aunque su futuro y el de Emilie no estuviera amenazado por el canalla ese de California, no podía quedarse allí. No después de lo que había visto Hannah. Addy cerró los ojos con fuerza y recordó las amenazas que Hannah le había hecho a Sam. Sam decía que Hannah no lo había dicho en serio, pero la gente no quería que una profesora de sus hijos tuviera un comportamiento tan inmoral. Como había dicho John Christian, aquella era una ciudad pequeña donde las noticias corrían como la pólvora.

John Christian. A Addy empezó a ocurrírsele un plan. Un plan desesperado. Sam decía siempre que una demostración valía más que mil palabras, o algo así.

Primero tenía que detener aquella boda; después ella y Emilie escaparían.

Si pudiera engañar al canalla, darle una pista falsa, quizá las buscara en el lugar equivocado. Como por ejemplo Boston. Tenía que trazar un cuidadoso plan.

Sentada a su mesa de trabajo, Addy miró la arcilla que había empezado a moldear antes de la cena. Sam Dawson tendría su collar antes de que ella se marchara. Addy apretó un trozo de arcilla con cada mano. Sam. Emilie. Sí, Sam sería un padre estupendo para Emilie, y sabía que Emilie estaba encantada de que Addy fuera a casarse con Sam. ¿Pero cuánto tardaría en desencantarse? ¿Cuánto tardaría Emilie en preguntarse por qué Sam se había casado con Addy cuando su corazón pertenecía a otra mujer? ¿A qué edad se daría Emilie cuenta de que Sam se había sacrificado por ella? Ese sacrificio sería un peso demasiado grande para que una jovencita cargara con él.

¿Y Sam? ¿Cuánto tardaría en arrepentirse de su generosidad? ¿Cuánto pasaría antes de intentar transformar a Addy en alguien que no era y que no deseaba ser? Un hombre como Sam querría vivir en una casa de habitaciones clásicas, no recargadas. Habitaciones estériles. No deseaba el colorido y acogedor caos, ni los recuerdos de un pasado que en opinión de Addy enriquecerían la vida de Emilie.

Él lo había llamado basura, y no le gustaba.

Addy se echó a llorar. No le gustaba ella. Y Addy no lo culpaba. ¿A quién le iba a gustar una mujer que vestía de todos los colores, que vivía en habitaciones pintadas de morado y rosa y que había cometido la torpeza de enamorarse del hombre equivocado? Solo porque Hannah y sus amigas pensaban que era maravilloso, porque Emilie lo adoraba, porque era listo, gracioso y generoso; solo porque cuando la besaba ella se estremecía de pies a cabeza y todo le parecía posible.

A sus veintiocho años Adeline Johnson sabía que no todas las cosas eran posibles. No era posible casarse con Sam Dawson. No cuando al novio solo lo movía la caballerosidad, y él pensaba que a la novia solo la necesidad. No cuando la novia se había enamorado perdidamente del novio. Y como amaba a Sam, no podía atarlo a ella. Tenía que liberarlo. Solo esperaba que su elección fuera la correcta para Emilie. Addy dejó la arcilla sobre la mesa y fue a buscar el número de John Christian en la guía telefónica.

—Nunca creí que fuera de verdad un cobarde, pero tengo que reconocer que me lo estoy pensando —dijo John Christian.

Addy intentó controlar su irritación y le repitió con paciencia lo que ya le había dicho varias veces.

—Todo saldrá bien. Sam Dawson no es de los que se pone a dar puñetazos. Si se enfada con alguien, será conmigo.

—Dime otra vez por qué vamos a hacer esto y por qué te he dejado que me convenzas —el tono irritable de John era señal de que su supuesta amabilidad se iba agotando.

—Lo vas a hacer porque al principio te pareció divertido. Luego, cuando te acobardaste, yo te amenacé. Si no lo haces, te pringaré el coche con manteca de cacao, espuma de afeitar y betún.

—Sabía que no lo iba a hacer por generosidad —John se estremeció—. ¿Tienes idea de lo que eso podría hacerle al acabado del coche?

Addy no tenía ni la menor idea, pero aparentemente la amenaza le había salido muy inspirada.

John entrecerró los ojos con recelo.

—No será este un truco para que me case contigo, ¿verdad?

—No, John —Addy suspiró—. Si quisiera casarme, podría hacerlo con Sam y no tendríamos que seguir adelante con esta parodia.

—¿Y por qué no te casas con él? La ciudad entera sabe que hay una boda planeada para mañana.

—Llámame quisquillosa si quieres, pero creo que a una novia deberían consultarle ciertas cosas sobre su boda.

—¿Quieres decir que te ha molestado que eligieran caviar y champán?

—¡Qué me dices! ¿De verdad que Belle te indicó la comida que... ? Bueno, no importa —Addy volvió apresuradamente a la realidad—. Lo que quería decir es que a las novias les gusta que se les consulte sobre la identidad del novio.

—A ver si me entero. Sam Dawson nunca te ha pedido que te cases con él, sino que su abuela y Belle Rater y las otras señoras han planeado casarte con él, ¿es eso?

—Por supuesto que me ha pedido que me case con él —dijo con impaciencia.

¿Sabía Belle lo cretino que era John Christian?

—Señorita, uno de los dos está totalmente confundido.

—Desde luego no soy yo —Addy respondió—. Solo haz lo que te he dicho y todo saldrá bien —no muy bien, pero desde luego sería el fin de todo—. Emilie está en casa de una amiga. Sam ha ido a hacer unos recados y va a recoger a Hannah que está en casa de Cora antes de volver a casa —Addy echó un vistazo al reloj—. Deberían estar aquí en cualquier momento. ¿Aparcaste el coche delante de la casa para que sea lo primero que vean?

—Espero que no ruede cuesta abajo. Tal vez sea mejor que vaya a mover...

—Demasiado tarde. He oído la puerta del coche y la voz de Sam. Date prisa. Aquí en el sofá.

Sam llamó suavemente con los nudillos antes de entrar en la sala de estar de Addy.

—Adeline... —fuera lo que fuera a decirle, se quedó ahí.

Addy, que no dejaba de acariciar la espalda desnuda de John bajo la camisa desabrochada, se asomó por encima del hombro de su cómplice y miró a Sam, pero no a los ojos.

—Primero se llama a la puerta, después espera uno hasta que le dan vía libre para entrar y por último se abre la puerta y se entra.

—¡Addy Johnson!

A Addy le dio un vuelco el estómago cuando vio la cara de susto de Hannah asomándose por detrás de Sam.

—Yo me ocuparé de esto —Sam sacó a su abuela de la habitación y cerró la puerta—. ¿Y bien, Adeline?

—¿Y bien, Adeline? —ella se burló—. El otro día me

dijiste que tu vida sexual no era asunto mío puesto que no estábamos casados.

Addy le dio a John un codazo en las costillas que finalmente pareció sacarlo del letargo en el que parecía sumido y se puso de pie. Mientras John se abrochaba la camisa y se la metía por debajo del pantalón, Addy se incorporó despacio. A propósito se dejó unos botones de la blusa morada sin abrochar para que se le viera un trozo de enagua roja de raso y encaje.

—Debería haberme acordado de cerrar la puerta, como dijiste tú.

—Dije que no estábamos casados «todavía» —enfatizó la última palabra—. Sugerí que echáramos el cerrojo de las puertas para protegernos a ti y a mí; no a ti y a él —Sam ni siquiera miró a John.

—Tal vez ahora no sea el mejor momento para vernos, esto, Addy —John se apresuró a decir mientras se acercaba a la puerta.

—Lo siento —Addy bostezó y se estiró con la mayor sensualidad posible—. Pensé que tendríamos la casa para nosotros solos durante más tiempo. Quizá la próxima vez.

—No habrá próxima vez, Christian. Fuera de aquí.

—Bien. ¿Qué fue lo que dijiste, Addy, sobre... ?

—Todo está bien —contestó Addy.

La cara de alivio de John le dijo a Addy que había entendido su referencia al coche. Él había representado su parte, y Addy no le estropearía el coche.

Cuando cerró la puerta, Addy se levantó ágilmente del sofá y fue hacia una mesa. Se sentía más segura con un mueble sólido entre Sam y ella.

—Tal vez tu actuación me entretuviera más si entendiera la razón. ¡Quieres abrocharte esa maldita camisa! Si estabas intentando ponerme celoso, olvídalo.

—En absoluto —Addy empezó a enrollar un trozo de arcilla entre las manos.

Aunque se acostara con todo el personal del hotel de John, Sam no se pondría celoso. Los celos no iban con él.

—¿Y bien?

—No te he dado el derecho a que me interrogues.

—¿No piensas que nuestra boda de mañana me da derecho a preguntarte por qué invitaste a John Christian a tu dormitorio?

—No estábamos en mi dormitorio.

—Supongo que tampoco estabais haciendo el amor en el sofá.

—No —Addy hizo una pausa para examinar el trozo de arcilla que estaba dando forma—. Aún no.

—Aún no —repitió Sam en tono bajo—. ¿Tenías la intención de hacer el amor con otro hombre el día antes de la boda?

—Hoy no es el día antes de mi boda. Te dije que no iba a casarme contigo. Pero tú no quisiste hacerme caso —Addy aplastó la forma que había hecho y lo intentó de nuevo—. Estoy soltera y libre desde hace mucho tiempo, y no quiero atarme a ningún hombre. Prefiero que mi vida sea como esta habitación, caótica y abarrotada de cosas. Aunque pensara que pudiera soportar el ser monógama, nuestro matrimonio no funcionaría. Sobre todo con todos los viajes que tienes que hacer. Me sentiría demasiado sola y demasiado tentada.

A Addy le temblaban las manos y tenía los nervios agarrotados en el estómago. Rezó para que las palabras siguientes convencieran a Sam.

—Lo reconozco, casarme contigo solucionaría varios de mis problemas, pero aunque tú no lo creas, tengo conciencia. Has sido muy amable al ofrecerte a casarte conmigo. Lo mínimo que puedo hacer es rechazarlo. Tú no eres el tipo de hombre al que le gustaría compartir a su esposa.

El corazón le latía tan deprisa que le retumbaba en los oídos con fuerza.

Pasó un buen rato hasta que Sam habló.

—Se lo explicaré a la abuela y a las demás de tu parte.

—Gracias. Hannah dijo que te marcharías el domingo por la mañana. Tendré el collar terminado antes de que te vayas.

–No tienes necesidad de...

–Ya sabes que no acepto limosnas –Addy le soltó y por primera vez desde que había entrado lo miró a los ojos.

Al ver la furia que destilaba su mirada a Addy le dio un vuelco el corazón. Sam cruzó el espacio que los separaba con paso firme y se detuvo al llegar a la mesa.

–Acepta esto –Sam tiró un paquete envuelto en papel de regalo blanco sobre la plancha de plástico duro sobre la que ella trabajaba–. No tienes por qué llamarlo un regalo de boda –dijo en tono burlón–. Como tú, yo pago mis deudas –se dio media vuelta y salió de la habitación.

A Addy le temblaban las manos. No quería abrirlo pero al momento el lazo cayó sobre la mesa. No quería ningún regalo de Sam Dawson. El papel crujió cuando lo retiró. Addy miró la caja blanca de la joyería angustiadas. Sobre una capa de algodón había una cadena de plata con un pequeño colgante también en plata. Era una réplica de una pinza de la ropa antigua.

Capítulo 9

EL SÁBADO por la mañana temprano, Addy tomó la autopista veinticinco en dirección a Denver. Era evidente que Sam había hablado con su abuela como había prometido. Cuando Addy le había dicho a Hannah la noche anterior que ella y Emilie se irían el primer día de la semana, Hannah no había hecho ningún comentario ni ninguna pregunta. Como no quiso ver el dolor y la repulsa en el rostro de la mujer, Addy se lo había dicho mientras pelaba zanahorias para el guiso que les había preparado a Sam y a su abuela para cenar. Emilie había pasado la noche en casa de su amiga, y Addy había cenado sola un emparedado de queso en un restaurante de comida rápida.

Esa mañana había llamado por teléfono a la madre de la amiga de Emilie y había acordado con ella en que Emilie se quedaría allí hasta que Addy fuera a recogerla. La mujer había accedido de buena gana, pensando que Addy tenía que atender detalles de última hora relacionados con la boda.

Addy no se había molestado en aclararle nada. Llegado el mediodía, todo el mundo en Ute Pass sabría que la boda había sido cancelada. No debería sentirse culpable por dejar a cuatro señoras mayores encargadas de ello. Habían organizado la boda sin la ayuda de la novia, así que podrían hacer lo contrario del mismo modo.

Una fuerte explosión sacó a Addy de su ensimismamiento. Seguidamente el coche empezó a dar bandazos por la concurrida carretera. Addy levantó el pie del acelerador e intentó guiar el coche hacia el arcén. Gracias a Dios que iba por el carril de la derecha. El coche ami-

noró la marcha hasta que pudo frenar con mayor seguridad. Una vez parada, Addy se recostó en el asiento para
ver si se le pasaba un poco el susto. No tenía ninguna
prisa por salir a ver lo que había pasado. Miró por el re-
trovisor vio unas cuantas tiras de lo que había sido uno
de sus neumáticos volando por la autopista.

Cuando Addy por fin se bajó, vio que la rueda delan-
tera derecha había desaparecido.

Esa mañana no se había vestido adecuadamente para
cambiar una rueda, pero no tenía demasiadas opciones.
Se quitó la chaqueta gris pálido del traje que se había
comprado el día anterior en una tienda de segunda
mano y la echó en el asiento trasero. Entonces abrió el
maletero y sacó el gato. Se subió la falda y se puso de
cuclillas al lado de la llanta para aflojar los tornillos.
Cuando lo hizo fue a buscar la rueda de respuesto. Estaba pinchada.

A Addy le dieron ganas de echarse a llorar. De camino a la reunión más importante de su vida, se quedaba tirada a medio camino entre Colorado Springs y
Castle Rock, a muchos kilómetros de la gasolinera más
cercana. Tenía las manos negras y tres manchas de
grasa en el delantero de la falda. Se le habían roto dos
uñas y rasgado la blusa al perder pie y caerse hacia atrás
en el barro de la cuneta. No quería ni saber cómo tendría la parte de atrás de la falda.

—¡Maldita sea!

Se apoyó contra el coche y empezó a dar puñetazos
sobre el techo.

El sonido de un vehículo deteniéndose en la grava
junto a su coche no le llamó la atención. Lo que lo hizo
fue la voz de Sam.

—¿Tienes algún problema, Adeline?

No pensaba levantar la cabeza. No lo haría.

Al final la levantó. Sam estaba asomado a la ventanilla de su coche. Addy se puso derecha despacio. No
quería decirle que tenía un problema; más bien quería
decirle que se largara. Había demasiado en juego allí.

–¿Qué estás haciendo aquí?

–Voy de camino a Denver –Sam salió del coche–. ¿Has pinchado?

–No, en realidad estoy desayunando aquí en el arcén. Me ha dado por ahí.

–Menos mal que antes de casarme contigo he comprobado el mal humor que tienes por las mañanas –arqueó las cejas mientras la miraba de arriba abajo–. ¿Vas a una fiesta de disfraces?

Addy tragó saliva.

–He quedado con una persona, con un hombre –enfatizó la última palabra–. Para desayunar.

–Pues no has elegido la ropa más adecuada para una cita –dijo Sam mientras se fijaba en el siete de la blusa.

–Solo porque tú prefieres las batas blancas.

Sam se echó a reír.

–Bueno, ahora no es el momento de hablar de esas cosas. Súbete conmigo. Te llevaré adonde quieras ir.

–Tan solo hasta la gasolinera siguiente.

–Deja que abra el maletero.

Pasado un momento Sam fue hacia Addy.

–Maldita sea, Adeline, eso lo iba a hacer yo –le quitó de las manos la rueda de repuesto y la metió en el maletero del coche de Hannah–. ¿Necesitas algo más de tu coche?

–No. Voy a volver en cuanto me arreglen esta rueda.

–No lo creo –Sam se colocó delante del coche de Adeline y miró hacia la rueda–. La llanta está doblada. Tendrán que enviar una grúa. Este coche no lo puedes conducir.

–Tengo que hacerlo –gimió Addy–. No puedo faltar a la cita.

–Yo podría llevarte.

Addy no pudo protestar.

Claro que no había podido decir nada de nada desde que Sam había llegado a casa de su abuela. Era una persona dominante, autoritaria, mandona. Incluso su abuela opinaba lo mismo.

–Nunca he conocido a un hombre que se empeñe tanto en salirse con la suya como tú.

–Te pones de mal humor cuando no desayunas, ¿verdad?

–No me pongo de mal humor. Se me ha estropeado el coche y la reparación seguramente me costará una pequeña fortuna.

¿Cómo diablos iba a pagarla? ¿Con sus collares? ¿Cómo iba a escapar con Emilie sin coche? Addy cruzó los dedos, rogando para que la cita que tenía saliera bien. Disimuladamente miró el reloj por enésima vez en los últimos cinco minutos.

–Llego tarde –dijo por quinta vez.

Pasados unos minutos, Sam se detuvo delante de las enormes puertas de un hotel.

–¿Has quedado con él aquí?

–Es un hotel. ¿Dónde más quieres que quede con un hombre?

–¿Quería decir, por qué tan al oeste? ¿Por qué no más cerca del centro de Denver?

–Él viene de Vail.

El hombre iría allí desde el aeropuerto. Ella le había dicho que ella también iría desde Vail. Addy saltó del coche.

–Gracias. No hace falta que esperes. Él me llevará de vuelta.

Seguramente habría autobuses. Cerró la puerta y entró corriendo en el hotel, antes de que Sam pudiera reaccionar.

Lo primero que hizo Addy fue meterse en el cuarto de baño de señoras. Unos minutos después tuvo que resignarse y reconocer que no podría hacer mucho más para mejorar su aspecto. Se le habían soltado unos mechones del moño y al lavarse la cara se había quitado casi todo el maquillaje. Tres horas antes había salido de Ute Pass con el aspecto de una joven y respetable madre. En ese momento parecía más bien un payaso.

Miró el reloj y vio lo tarde que era. Ojalá el hombre hubiera esperado. Tenía que ganar tiempo, confundirlo.

Addy respiró hondo y salió en busca del hombre que decía ser el padre de Emilie.

Estaba sentado en la cafetería del hotel, con la vista fija en las puertas de entrada. De no haber llevado un clavel rojo en el ojal, Addy habría pasado de largo. ¿Aquel hombre regordete de pelo canoso y de unos setenta años era el misterioso y apasionado amante de Lorie? Addy paseó la mirada por la cafetería. No había ningún otro hombre allí que llevara una flor en el ojal.

Addy le explicó a la señorita que se acercó a ella que había quedado allí con una persona, sonrió y fue hacia la mesa donde estaba el padre de Emilie.

—Siento haber llegado tarde. Se me ha pinchado una rueda.

El hombre la miró con curiosidad y se levantó despacio. Le estrechó la mano con fuerza mientras la miraba a los ojos. Unos segundos después sacudió un poco la cabeza y le sonrió con timidez.

—Gracias por venir. En parte tenía la esperanza de que trajera a la niña, pero supongo que sería demasiado pedir.

—Soy Addy Johnson. Hermana de Lorie y tía y tutora de Emilie. Me temo que mi marido no ha podido acompañarme. Tenía trabajo. Pero no se crea que es uno de esos hombres que presta más atención a los negocios que a su familia. Emilie siempre es lo primero para él, se lo aseguro.

Había ensayado tantas veces aquellas palabras.

—Emilie —dijo el hombre—. Un nombre antiguo y precioso. ¿Se parece la niña a su madre? Su madre era increíblemente bella. Bueno, lo siento, le estoy poniendo nerviosa para nada. Solo es que me sorprendió, ya sabe, cuando llamó el jueves. Cuando no me respondió a las dos primeras cartas, me temía que... Ay, lo siento, no me he presentado. Como habrá adivinado soy William Burgess —inclinó la cabeza con pomposidad—. Por favor, discúlpeme. No la he invitado a sentarse; se le ha pin-

chado una rueda y ni siquiera le he preguntado si está
bien. Por favor, siéntese –el hombre vaciló–. Me gustaría conocer la niña.

Addy se sentó.

–Tomaré un café y algo de comer.

–Por supuesto. Perdóneme. Debe de pensar usted
que soy un maleducado –llamó a un camarero para que
le tomara nota a Addy–. En relación con Emilie...

–¿Por qué quiere verla ahora? Los papeles que me
otorgan la custodia están en orden.

Al menos eso esperaba Addy.

William Burgess se irguió al ver la expresión hostil
de Addy. Parecía confuso.

–Adeline. Cariño, aquí... ¿Qué demonios te ha ocurrido? ¿Dónde está tu coche? No lo he visto en el aparcamiento.

Addy se quedó boquiabierta. El no desayunar le estaba produciendo alucinaciones. Sacudió la cabeza para
ver si despertaba. Sam estaba a su lado.

–He pinchado –consiguió decir.

Debería haber sabido que Sam Dawson no iba a hacer lo que ella quisiera.

–Maldita sea, Adeline, te dije que ese viejo cacharro
no llegaría a Denver. ¿Estás bien? –se inclinó y le
plantó un beso posesivo en los labios–. Mujeres –dijo
con resignación mientras sacaba una silla y se sentaba a
la mesa con ellos–. Le dije que alquilara un coche
–miró hacia Burgess–. Soy el marido de Adeline, Sam
Dawson. Usted debe de ser Burgess.

–Por favor, llámeme Bill –Burgess se volvió hacia
Addy apresuradamente–. Cuando me dijo su nombre,
Addy, supuse que se habría casado con un hombre llamado también Johnson, pero me imagino que optó por
conservar su apellido de soltera.

–Puede llamarla señora Johnson –gruñó Sam.

–Sí, por supuesto –casi con timidez, Burgess estudió
las facciones de Addy–. No se parece usted mucho a
Loraine.

–Me parezco a la familia de mi padre.

–¿Viven sus padres, es decir, los abuelos de Emilie?

–Déjese de charlas, Burgess, y vayamos al grano. He consultado con mi esposa y con mi abogado.

Addy no podía creer lo que estaba diciendo Sam.

–Nuestro abogado está listo para solicitar una orden del juez para que deje de molestar a Addy. Ella es la tía y la tutora de Emilie, y en la práctica su madre. Siempre lo ha sido, y es un poco tarde para que usted piense que puede hacerse con la custodia. Le pedí a mi abogado que lo comprobara, y el abogado de Loraine Johnson tiene una copia del documento que firmaron usted y Loraine.

–¿Documento? –William Burgess miró a Sam sin comprender–. Yo no he firmado nada.

–Eso dígaselo al juez –se burló Sam–. Lo hizo ante notario, además.

–Aquí hay un error.

–Sí –dijo Sam en tono seco–. El que usted cometió. Si pensaba que podía intimidar a Adeline, olvídelo. No solo tendrá que llegar a ella a través de los tribunales, sino que tendrá que vérselas también conmigo, puesto que soy su marido, y con el resto de nuestra familia. Todos estamos listos para testificar la madre tan maravillosa que es Addy.

Burgess parecía tan sorprendido como Addy.

–Estoy seguro de que Addy, de que la señora Johnson, es una madre estupenda –se limpió la frente con la servilleta–. Nunca fue mi intención... –su voz se fue apagando cuando el camarero llegó con los huevos revueltos de Addy.

Al ver lo pálida que estaba, Sam le ordenó que comiera.

–Come. Y no me digas que no tienes hambre. Estás temblando –llamó de nuevo al camarero–. Tráigale un descafeinado. Y a mí una taza de café solo –concluyó Sam.

Mientras el camarero fue a buscar los cafés, Addy empezó a comer obedientemente.

Sam había mentido por ella. En su cabeza no hacía más que darle vueltas a ese pensamiento. El día anterior la había visto revolcándose en el sofá con John Christian, y en ese momento estaba en Denver, a su lado. Y mintiendo por ella.

No tenía idea de cómo había averiguado sus planes, o con quién se había citado, pero en realidad eso no le importaba.

Lo importante era que había mentido por ella.

Se preguntó si su abuela lo sabría.

–¿Y Hannah? –preguntó.

–Emilie estaba cansada y no quiso quedarse en casa de su amiga. La abuela pensó que sería mejor que se quedara con ella en casa –Sam miró a Burgess fijamente–. Mi madre lleva viviendo toda la vida en Colorado y conoce a todo el mundo que hay que conocer. Es rica y tenemos dos médicos en la familia. Se lo digo para que sepa que Adeline está respaldada por una familia rica y poderosa. Si decide pelearse con ella, tendrá que vérselas con todos nosotros. Y recuerde Burgess, los Dawson nunca pierden. Ningún tribunal le quitaría a Emilie a mi mujer, pero si no deja de molestarla, se lo haremos pagar de algún modo.

Addy agarró el colgante de plata para sentirse más segura entre tanta locura. Sam Dawson, un hombre de ciencia, frío y calculador, tranquilo y razonable, no solo había mentido por ella, sino que también había amenazado. Addy no podía dejar que aquello continuara. Negó con la cabeza y sonrió a Sam emocionada.

–Gracias, pero no debes... –se calló para limpiarse las lágrimas con la servilleta–. Es una mentira, señor Burgess. Sam y yo no estamos casados, solo es un amigo –se apretó el puño contra la boca para controlarse–. Un buen amigo, pero no es mi marido. Y no tenemos abogado. Yo no me puedo permitir el pagar uno. Lo cierto es, señor Burgess, que vivo al día. Sé que puede darle a Emilie ropa y juguetes caros, pero lo que yo no le doy en cosas materiales se lo doy en amor

–bajó la cabeza un momento y enseguida la volvió a subir–. Vine a decirle que estaba casada y que vivía en Boston. Mientras usted nos buscara allí pensaba hacer la maleta, agarrar a Emilie y escapar; cambiarnos de nombre y escondernos –Addy agarró la mano que Sam le tendió y miró a Burgess–. Pero no puedo dejar que Sam siga mintiendo por mí –alzó la barbilla–. Tampoco le puedo dejar que se lleve a Emilie. No sé cómo lo haré, pero lucharé contra usted hasta que caiga muerta si es necesario. No puedo, no voy a dejar que destruya a Emilie del modo en que destruyó usted a mi hermana.

–Pero si yo jamás conocí a su hermana.

El anuncio de Burgess los dejó a los dos estupefactos. Al cabo de unos segundos, Sam reaccionó.

–¿Entonces quién diablos es usted, si no es el padre de Emilie?

–Creo, espero, que soy su abuelo.

Addy le apretó la mano a Sam. Ese hombre no era el padre de Emilie.

Sam se inclinó hacia delante y miró al hombre fijamente.

–¿Y por qué le envió a Addy esas cartas llenas de amenazas?

–Nunca fue mi intención que le parecieran amenazas. Solo quería suscitar el interés de los padres.

–¿Y por qué mantener en secreto su identidad? –Sam quiso saber.

Burgess miró a Addy y esbozó una sonrisa de disculpa.

–Debería habérselo dicho al principio, pero... No sé lo que sabe usted de la vida que llevó su hermana en California –se calló bruscamente, claramente reacio y angustiado.

–Sé que tuvo malas compañías y después que se suicidó –dijo Addy en tono bajo–. Sé que su hijo... ¿Es su hijo, verdad? –Burgess asintió–. Sé que está casado.

Burgess negó con la cabeza.

—Se emborrachó y estrelló el coche que conducía contra un árbol hace unos meses. La policía me aseguró que murió en el instante.

Pasado un momento, Addy estiró el brazo y puso su mano sobre la del hombre.

—Lo siento. Sé lo difícil que resulta aceptar una muerte violenta; el no poder despedirse.

—Llevábamos mucho tiempo sin hablarnos. Trabajé mucho durante varios años y mi negocio prosperó, pero mi familia sufrió mucho. Estúpido de mí, pensé que si ganaba más dinero podría arreglarlo todo. Pero me equivoqué. Mi esposa era una alcohólica. Una noche cuando no fui a casa a cenar como le había prometido se cayó por las escaleras y se rompió el cuello. Willie tenía veinte años y jamás me lo perdonó —Burgess dio un trago de café—. La mujer de Willie me contó lo de tu hermana después de morir mi hijo. Marilyn sentía mucha amargura. Willie no le dejó mucho cuando murió. Entonces yo le di una gran suma de dinero por los efectos personales de Willie. Pensé que quizá así podría conocerlo un poco. Ridículo, ¿no? —Burgess soltó una risotada irónica cuando nadie le contradijo—. Encontré unas cuantas cartas de tu hermana y descubrí que había tenido una hija, así que contraté a un detective privado. Me casé mayor y tengo ya setenta años. Fallé a mi esposa y a mi hijo. Tenía la esperanza de tener otra oportunidad en la vida. Con Emilie. No para quitársela, señorita Johnson. Solo para conocerla. Si no quiere que me llame abuelo, lo entenderé, pero le ruego que me permita al menos conocerla.

—Aún no entiendo por qué no le dijo a Addy quién era usted —insistió Sam.

Burgess miró a Addy y le sonrió con pesar.

—Willie le dio a Loraine grandes cantidades de dinero para la niña. Por lo que descubrió el detective que contraté, Loraine se lo gastó todo en ella. No estaba seguro de que usted no fuera igual. Quiero contribuir económicamente a la educación de Emilie, pero no quería que me hicieran chantaje, sobre todo si Emilie no era mi nieta.

Addy se puso tensa.

–No accedí a encontrarnos para sacarle dinero. Solo porque le haya dicho que no tenemos mucho no quiere decir que queramos su dinero, su limosna, su compasión.

–No es limosna abrirle una cuenta en el banco a mi nieta. Las adolescentes cuestan dinero. Están las visitas al dentista, los deportes, la música o las clases de baile. Los costes universitarios se han disparado también.

–No se preocupe por Emilie –dijo Sam tranquilamente–. Su familia se ocupará de ella. Ya ha oído a Addy. No le gustan las limosnas.

Addy le dio una palmada en la mano a William Burgess y se recostó en la silla.

–Creo, señor Burgess –esbozó una sonrisa indecisa– Bill, que lo mejor es que venga a Colorado Springs y conozca a Emilie. En cuanto a contarle quién es usted y lo del dinero que quiere destinarle, ¿por qué no dejamos que la naturaleza siga su curso?

–Creí que había dicho que venía de Veil.

Addy se puso colorada.

–Otra mentira para despistarlo. Vivimos en una pequeña ciudad al norte de Colorado Springs que se llama Ute Pass.

–Lo entiendo. No debería haber dicho nada. Solo es que... –sacó un pañuelo blanco y se sonó la nariz–. Perdonen. Cuando oí hablar de su hermana, pensé que era una mala mujer. Después de conocerla a usted... Supongo que mi hijo... Lo malcriamos. Le di dinero en lugar de atención, y mi esposa, bueno, ella quería tenerlo a su lado. Si odiara a todos los Burgess no me extrañaría nada. Es usted una persona amable, buena y generosa, señora Johnson.

Addy negó con la cabeza.

–No, soy una persona muy egoísta, una cobarde y también demasiado orgullosa. Sam me ofreció dinero para contratar a alguien que averiguara quién estaba detrás de estas cartas, pero el orgullo me impidió aceptar su oferta. Me dije que lo que estaba haciendo era lo mejor para Emilie, pero la verdad es que lo que no quería era perderla. En lugar de luchar por ella, pensé en escapar, en mentir. Y, peor aún, en enseñarla a mentir. No soy buena persona, y no merezco tener un amigo como Sam –lo miró y le echó una sonrisa de disculpa–. Sé que has venido por el bien de Emilie, Sam, y te lo agradezco.

–¡Adeline! –Sam dijo muy enfadado.

Agarró la taza de café y se la bebió de un trago.

Ella lo miró confusa.

–¿Qué?

–Cállate y tómate el maldito desayuno.

Condujeron en silencio durante casi una hora. Addy se pasó todo ese tiempo armándose de valor para hacerle a Sam una pregunta que no se le iba de la cabeza.

–¿Sam, cómo sabías lo que había salido a hacer esta mañana y a dónde había ido?

–Por las cartas. Sabía dónde las tenías guardadas.

–¿Has abierto mis cajones? –le preguntó muy enfadada.

–Sí, Adeline, abrí tus cajones. Estaba desesperado. Al releer las cartas me convencí de que habías salido a encontrarte con el hombre. Te había dejado dos números de teléfono en las cartas, el de su casa y el del trabajo. Llamé a ambos números y por fin hablé con su secretaria. La convencí de que era importante que lo localizara, y me dijo dónde estaba hospedado –miró a Addy–. Tú no eres la única que sabe mentir.

–Al menos no me jacto de ello.

Sam resopló.

–No sabía si habrías quedado allí con él o no, pero no tenía otra pista. Fue cuestión de suerte que pincharas y yo te encontrara; así pude llegar al hotel a la misma hora que tú.

–Yo no lo llamaría suerte a pinchar en la autopista.

–Si no te hubieras empeñado en llevarte esa carraca a Denver –dijo Sam–. Al ver que no salías del hotel me supuse que era allí donde habías quedado con él. El resto ya lo sabes.

–No sé –dijo Addy en tono bajo, jugueteando con el colgante de plata– por qué viniste a Denver. No sé por qué le dijiste a Bill que estábamos casados. No sé qué voy a hacer con mi coche, ni cómo le voy a explicar a Emilie que tiene un abuelo.

–Cuántas cosas que no sabes –dijo Sam.

El regocijo conque habló Sam no la conmovió. Debería ponerse de rodillas, hablando figuradamente puesto que iba conduciendo, y decirle que la amaba. Sam había dicho que se le daba bien mentir. ¿Acaso no podía decirle la única mentira que Addy tanto deseaba escuchar?

Capítulo 10

DEBERÍAMOS habernos traído a Bill –dijo Addy.

Sam negó con la cabeza.

–Te habría dado la tabarra con Emilie durante todo el camino. Además, es mejor para él alquilar un coche para poder tener libertad de movimiento cuando llegue aquí.

–No creo que a Hannah le hubiera importado si lo hubiéramos invitado a quedarse en casa.

–A mí sí –dijo Sam con firmeza–. Estará bien en el hotel. Tal vez sea el abuelo de Emilie, pero no hace falta que esté pegado a nosotros todo el tiempo. Lo único que sabes de él es lo que te ha dicho. Es preferible que nos tomemos este asunto con calma. No le vendrá mal pasar un periodo de prueba antes de recibirlo en la familia con los brazos abiertos. Deja que Emilie marque el paso.

–Emilie –se burló Addy–. Ella le abriría los brazos hasta al mismo Drácula. A ella le cae bien todo el mundo.

–Pues Christian no le gustó –Sam le echó una mirada a Addy.

–No quiero hablar de John contigo –dijo Addy en tono defensivo–. Quizá hayas fingido ser mi esposo esta mañana, pero mi vida privada es asunto mío.

–Tu vida privada es asunto mío cuando estás prometida conmigo –soltó Sam–. ¿Cómo crees que me sentí cuando entré y vi a Christian manoseándote?

–Aliviado, me imagino.

–¡Aliviado! –gritó Sam–. No sabía a quién estrangular primero, si a él o a ti.

–Oh, por favor. Solo me pediste que me casara contigo porque te daba pena, y me dejaste bien claro que nada de lo que hiciera podría ponerte celoso; claro que yo no tenía ningún interés en hacer eso. Qué hipócrita por tu parte enfadarte cuando pensaste que John podría estar interesado en mí. Sé de más que te sentirías feliz si pudieras deshacerte de mí.

–Feliz –repitió Sam–. Primero aliviado y luego feliz –salió de la autopista y tomó una carretera secundaria que conducía a la ciudad–. ¿Está Christian interesado en ti?

–No es asunto tuyo.

–¿Y tú? ¿Te interesa él?

Addy sacó la cabeza por la ventanilla.

–Addy, los dos sabemos que tú no te vas a meter en una relación con alguien que no le guste a Emilie.

–El único hombre que le cae bien a Emilie eres tú –dijo sin pensar.

–Emilie es una niña muy lista.

Sam pasó junto a dos coches desconocidos para Addy que estaban aparcados delante de casa de Hannah.

En lugar de salir, la agarró de la mano antes de que pudiera abrir la puerta. Entonces miró significativamente hacia la casa.

–Quédate aquí –saltó del coche.

Su tono de voz la inmovilizó en el asiento. Addy bajó la ventanilla y miró en dirección hacia donde iba Sam, pero no vio nada más que el pequeño perro de los vecinos jugando con un pequeño palo. Sam se agachó y llamó al perrillo. Lo acarició y jugó un poco con él. Al momento se puso de pie y volvió al coche con el palo en la mano. El perro no dejó de ladrar y pegar saltos a su lado hasta que Sam se agachó, agarró otro palo y se lo lanzó lejos. El perro echó a correr detrás del palitroque.

Sam llegó junto a Addy y le sonrió.

–Está algo sucia, pero la he reconocido.

Addy volvió a mirarla. Ella no la había reconocido.

–¡La pinza de mi bisabuela! –exclamó.

Cuando Addy fue a agarrarla, Sam la retiró.

–Está sucia. Tendremos que hervirla para desinfectarla.

–No puedo creer que la hayas encontrado.

–Tal vez este sea mi día de suerte –abrió la puerta del coche–. Imagino que Emilie está dormida, pero sé que querrás ir directamente a verla.

Sam no se había equivocado. Emilie estaba dormida, abrazada a su oso Sam. Addy cerró la puerta de la habitación y fue hacia la ventana de la sala. Al descorrer la cortina de encaje vio que los dos coches seguían allí. Seguramente algún vecino tendría visita. En aquella calle no había demasiado sitio para aparcar, pero aquel era un buen vecindario en el que vivía gente amable.

Los echaría de menos.

El sol se ocultó tras una nube y de repente Addy se sintió muy cansada. ¿Qué pasaría a partir de entonces? Si Bill Burgess había dicho la verdad, no tenía que preocuparse ya de que nadie fuera a quitarle a la niña.

Se volvió de espaldas a la ventana. El sol se asomó de nuevo entre dos nubes e iluminó con fuerza la sala de estar. La luz no trataba con amabilidad las pinturas de aficionada de su madre. La habitación ya no parecía acogedora y cálida, sino más bien chabacana y vieja.

Decorada y vestida como el escenario de un vodevil, aquel cuarto no encajaba en la vieja y elegante casa victoriana; una casa que brillaba con la luz de una larga y feliz vida familiar.

Addy tampoco pertenecía allí. Hannah no le diría que se marchara, pero Addy sabía que quedarse allí sería incómodo para ambas. Hannah no solo la había sorprendido una vez, sino tres veces en situaciones comprometidas. Por mucho que Addy deseara que todo fuera distinto, ella era la única culpable de todo aquel lío.

Sam llamó dos veces a la puerta de la habitación, y

entró con rapidez llevando en la mano un plato cubierto con una servilleta.

–Un almuerzo tardío –le dijo–. Son casi las tres de la tarde y apenas probaste bocado en el desayuno. Come. Y quítate esa tontería de la cabeza.

Addy dejó el plato sobre la mesa.

–Gracias.

Si intentara comer, sabía que se le pondría mal estómago.

Sam se tumbó en el sofá y estiró las piernas y los brazos.

–Ya no deberías preocuparte sobre la custodia de Emilie.

–Espero que no.

Addy deseó que Sam se marchara.

–Y supongo que no piensas que sea necesario ya casarte por el bien de Emilie.

–No.

–Entonces si te fueras a casar, digamos esta tarde, no lo harías por Emilie, sino porque tú quisieras.

–No me voy a casar esta tarde.

–Era una hipótesis.

–Hipotéticamente –dijo Addy con cuidado–, si fuera a casarme esta tarde lo haría por gusto.

–¿Quieres?

Sam se lo preguntó con tanta naturalidad que Addy no lo entendió.

–¿Que si quiero el qué? –preguntó Addy.

–Casarte esta tarde. Sabes, te pones ese antiguo vestido de tu abuela, agarras el ramo de rosas, conoces a mi familia, comes tarta y bebes champán. Todas esas cosas que se hacen en las bodas.

–No les dijiste nada, ¿verdad? –dijo muy sorprendida–. No cancelaste la ceremonia.

–¿Has intentado alguna vez detener una avalancha de nieve con una pala?

Addy se frotó los brazos para no echarse a temblar.

–¿Esperas que me case contigo solo porque no has

sido capaz de cancelar la boda? –de repente pensó en los dos coches que había visto aparcados a la puerta–. ¿Tu familia está aquí? ¿Ha venido a la boda? –Addy se estremeció; seguramente habría pillado la gripe.

–A veces la vida resulta más fácil si te dejas llevar.

Sam parecía sincero. Oyéndolo hablar así, parecía que prefería casarse con Addy a tener que luchar contra su abuela. ¿Y ese era el hombre que había burlado con éxito las tretas de su madre y de su abuela durante los últimos cinco años? Nada de todo aquello tenía sentido. Después de todo lo que había pasado, no era posible que esperara que Addy siguiera adelante con la boda.

Era una pesadilla. Cerró los ojos con fuerza, contó hasta diez y los abrió. Sam la miraba desde el sofá.

–¿Por qué no las detuviste? –le preguntó–. ¿Por qué has dejado que te arrastren? Tú no quieres casarte conmigo. No puedes negar todas las veces que me lo has dicho.

–Todas esas veces lo dije en serio. No me interrumpas. Y suéltate el pelo; así no te sienta bien.

Addy se quitó las horquillas obedientemente, señal de que estaba totalmente aturdida.

–Tenía mi vida organizada, y el matrimonio no entraba dentro de mis planes durante unos cuantos años. Ya te dije por qué, por los viajes y demás. Cuando llegara el momento, sabía exactamente el tipo de esposa que elegiría.

–No una como yo. Eso me lo has dicho muchas veces.

–Y al decirlo, violé un principio científico básico. Llegué a una conclusión equivocada antes de tener suficientes datos que apoyaran esa conclusión.

–No estoy hablando de un remedio para el mal aliento. Estoy hablando del matrimonio. De mi vida –antes de ponerse histérica, Addy quería saber una cosa–. ¿Me lo estás preguntando porque te quieres casar conmigo, con Adeline Johnson, o porque las señoras han reservado la iglesia y han puesto caviar en el menú?

—¿Qué es todo esto del caviar? Belle quiso saber si me gustaba. Cuando le dije que no, me dijo que estaba segura de que no me haría falta de todos modos.

—Olvida el caviar. No tienes que casarte conmigo. Te he dado una excusa.

—John Christian —dijo Sam—. Montaste la escena por mí. Querías que te pillara, y así yo tendría un motivo para cancelar la boda. Pensaste que no quería casarme contigo.

—No quieres —Addy respiró hondo—. ¿No es así?

—Adeline, reconozco que ni siquiera yo lo entiendo; pero lo extraño es que sí, que quiero casarme contigo.

Addy se sentó en la silla que tenía más a mano. Era vital para ella que Sam le dijera lo que sentía.

—¿Quieres decir que me amas?

—Adeline, estoy doctorado en química y en administración de empresas. Soy todo lógica y razonamiento. No tiene nada de lógico ni de razonable conocer a una mujer y en el espacio de tres semanas enamorarse perdidamente de ella.

—Entiendo.

Pero no lo entendía. Aún no.

—Supongo que tienes datos que apoyen esta conclusión en particular —añadió Addy.

—Me lo he pensado bien.

—Te lo has pensado bien —repitió exasperada—. ¿Te importaría decirme qué has pensado?

En silencio Addy se dijo que se estaba controlando muy bien.

Sam se colocó otro cojín debajo de la cabeza.

—Dijiste que te querías casar con un hombre al que le guste el morado, que sea rico, que tenga un deportivo rojo, una casa grande, sea digno de confianza y tenga una gran familia que quiera y mime a Emilie. Yo no soy rico, pero gano lo suficiente para que compres en las tiendas que quieras. Cierto que tengo un sedán negro, pero puedo cambiarlo por un deportivo rojo; aunque debo decirte, Adeline, que un sedán es mucho más prác-

tico para una familia numerosa. Escoge una casa grande
y la compraré. Mi banco, mis empleados, mi familia...
Todos podrán asegurarte que soy una persona de confianza.

Sam le estaba diciendo lo que Addy quería escuchar.
Abrió la boca, pero Sam no le dejó hablar.

–La abuela ya adora a Emilie. Y la niña ha cautivado
al resto de la familia en cuanto entraron por la puerta.
Mi madre ya ha dicho que está segura de que su primera
nieta va a seguir sus pasos y a dedicarse al teatro.

Addy apenas podía respirar.

–Tú odias el morado.

–Fíjate, yo siempre pensé que lo odiaba. Si alguien
me hubiera preguntado hace tres semanas si me gustaba
el morado, no habría dudado en decirle que no.

–¿Hace tres semanas?

Hacía tres semanas que se habían conocido.

–Bueno, quizá dos semanas y media. Fue entonces
cuando empecé a fantasear con una habitación de paredes moradas, una cama cubierta por una colcha de rayas
verdes y rojas y tú sobre ella, esperándome.

–Con una bata blanca.

–No, de eso nada –sonrió con pesar–. Eso me lo inventé para tomarte el pelo –se puso serio de pronto–. En
mis fantasías llevabas un vaporoso vestido de gasa azul
cielo. E ibas descalza.

Un par de ojos azules la miraron desde el otro lado de
la habitación y le enviaron un mensaje. Addy ignoró el
cosquilleo que sintió en los pechos. Resultaba agradable
que la deseara, pero ella era voraz. Quería mucho más.

–¿Por eso quieres casarte conmigo? ¿Porque hice
una lista de atributos que yo quería que tuviera mi futuro marido, y tú crees que los posees?

–En parte. Y en parte porque quiero que mis hijos
tengan una madre como tú –Sam vaciló antes de continuar–. Y quiero que me sonrías como le sonríes a Emilie; con esa calidez y esa ternura. En realidad, exactamente como me estás sonriendo ahora.

Addy cruzó la habitación y se echó sobre Sam.

—Te quiero, doctor Samuel Dawson. Quiero que sepas que decidí que te amaba después de considerar la situación con calma y objetividad.

Él le colocó las dos manos en el trasero.

—Tú nunca has considerado una situación con calma y objetividad en tu vida.

—Pues claro que sí. Enseguida supe que eras un hombre al que le gustaban las habitaciones moradas —Addy le mordisqueó la oreja; le encantaban sus orejas—. Estructuré el trato para satisfacer tus deseos y necesidades.

—No me importaría discutir mis deseos y necesidades —dijo, puntuando sus palabras con besos—, y tus puntos de venta. Por no hablar de la presentación. Esta cosa amarilla tiene que desaparecer.

Addy se echó a reír. Había olvidado que llevaba puesto el suéter amarillo de Belle.

—Eres un experto. ¿Qué tipo de presentación tenías en mente?

—Pecas. Pecas y nada más.

Sam la besó mientras Addy no dejaba de reír; pero al momento un deseo más intenso le hizo olvidar la risa.

—¿Sam? —Addy se movió en el sofá, debajo de Sam; el suéter amarillo hacía rato que estaba en el suelo.

Sam levantó la cabeza que descansaba sobre el pecho de Addy.

—¿Sí?

—¿Crees de verdad que nos llevaremos bien? Somos tan distintos y yo nunca he vivido en Boston, y...

—¿Quieres vivir allí? He estado pensando... Bueno, podría montar mi oficina en cualquier parte ¿Por qué no aquí? No costaría tanto organizarlo. Y así, cuando estuviera de viaje nunca estarías sola. La abuela está pensando en mudarse a un apartamento. Dice que esta casa es demasiado grande para ella. ¿Por qué no se la compramos? —la miró con pasión—. Tiene muchas habitaciones que podríamos llenar de niños.

–Supongo que querrás considerar ese proyecto.

–Definitivamente –le sonrió–. Como científico que soy nunca he creído en brujas, pero estoy empezando a pensar que tú eres una de ellas. Si no es así, no sé cómo es posible que desde que entré en esta casa y te vi deseara estar en esta habitación. Me quedaba despierto por las noches, inventando excusas para entrar aquí. Me has embrujado.

–No fui yo, sino los cuadros de mi madre. Cuando los miras solo ves borrones de colores, pero en realidad son mensajes subliminales que te dicen que las pecas son mejores que el chocolate –dijo divertida.

Sam le mordisqueó el labio inferior.

–Había pensado convencerte para que los colgáramos en el cuarto de Emilie, pero quizá sea mejor que los pongamos en el nuestro.

–¿Quieres decir que no preferirías chocolate?

–Hablando de chocolate. Belle sugirió chocolate para la luna de miel. No tengo ni idea de qué estaba hablando. ¿No crees que estas mujeres están obsesionadas con la comida?

Addy se desternilló de risa al ver la cara que ponía Sam.

Él la miró apasionadamente.

–Al genial doctor Dawson no le gusta que se rían de él. Si no pone fin a su inadecuado comportamiento, el genial doctor Dawson tendrá que poner en práctica un experimento para descubrir si se puede atajar la risa besando.

Varios minutos después, Addy le acariciaba la espalda.

–Siempre estoy dispuesta a ofrecerme para la investigación científica.

–¡Maldita sea!

Sam pegó un salto, le pasó el suéter a Addy y empezó a abrocharse la camisa.

Addy se incorporó despacio, tapándose el pecho con el suéter.

–¿Qué?

Le puso el reloj delante de los ojos.

–Acabo de ver la hora que es. Nos casamos dentro de poco más de una hora y Emilie sigue durmiendo –tiró de Addy–. Al menos tú estás ya medio lista para meterte en la ducha –le acarició los brazos–. Mmm... Cómo me gustaría meterme contigo.

–¿Crees que podrás esperar hasta después de la ceremonia? –la voz mordaz de Hannah les llegó desde el pasillo–. He venido a deciros que el señor Burgess va a venir a la boda, y le recordé que no debía decirle una palabra a Emilie hasta que lo dijerais vosotros –meneó la cabeza–. Espero que un día aprendáis a cerrar las puertas –dijo mientras se iba alejando por el pasillo.

–¿Tienes idea de lo deseable que eres cuando te sonrojas? –le preguntó Sam–. Estoy deseando echar el cerrojo y estar a solas contigo para verte totalmente desnuda y sin que nos interrumpa nadie.

Se echó a reír cuando ella se ruborizó aún más.

El corazón aún le latía a toda prisa cuando Sam le tiró un beso desde la puerta y desapareció. Ella también deseaba ver el cuerpo desnudo de Sam.

¡Cuerpo desnudo!

Addy se tapó la boca con las manos y corrió hacia la puerta.

–¡Sam! –susurró–. ¡Ven aquí! –cuando estuvo lo suficientemente cerca tiró de él y cerró la puerta–. ¿Has encontrado el collar que le hice a tu madre?

–¿Y por eso me has hecho volver?

–Contéstame. Es importante. ¿Lo has encontrado?

–Si te refieres al un paquete envuelto en papel de regalo que decía «mamá», sí, lo he encontrado.

–¿De verdad me lo encargaste para tu madre? –Sam asintió–. Tienes que devolvérmelo inmediatamente.

–Es demasiado tarde. Vio el paquete encima de mi cama y se lo llevó. Le advertí que no podría abrirlo hasta Navidad, pero conociendo a mi madre seguro que lo ha abierto ya. ¿Estás bien, Adeline? Te noto rara de repente.

–Estoy bien, sí.

Addy echó a Sam de la habitación y se apoyó contra la puerta. Si la madre de Sam abría el paquete antes de la boda, cancelaría la ceremonia. Pero si Jo Jo Dawson esperaba una hora, entonces Addy se casaría esa tarde. Si le hacía caso a Sam y esperaba hasta Navidad para abrirlo, Addy podría conseguir el paquete y hacerle otro collar.

Jo Jo Dawson llevó el collar puesto a la boda. La suegra de Addy dejó que todos los invitados al banquete admiraran de cerca los rollizos cuerpos desnudos que bailaban sobre la superficie de cada una de las cuentas de colores.

–Siempre he dicho que Samuel era genial –Jo Jo no dejaba de decir–. Pero esta vez se ha superado a sí mismo dándome una bella y talentosa hija política y la nieta más maravillosa del mundo –abrazó a Emilie que seguía a su nueva abuela con fascinación–. Nuestra familia se estaba volviendo de lo más aburrida con tanta medicina, tanta ciencia y tantos negocios –Jo Jo se estremeció dramáticamente–. Me temía que Sam se casara con alguien con quien ni siquiera pudiera conversar. Vosotros dos –se volvió a mirar a sus hijos Mike y Harry–, aprended de vuestro hermano. Cuando le pregunté a Samuel si amaba a Addy me dijo que cuando ella le sonreía sentía algo mucho mejor que cuando se produce un gran adelanto científico o un estreno en Broadway.

Martin, el padre de Sam, le echó a Addy el brazo a la cintura.

–Es mi primera oportunidad de darte la bienvenida a la familia, Addy. Llevo años diciéndoles a Jo Jo y a la abuela Hannah que si Sam es tan inteligente como ellas dicen, encontraría a la mujer perfecta sin ayuda de nadie. Gracias por demostrarles que yo tenía razón.

Antes de que Addy pudiera decir nada, Sam le tapó la boca con la mano.

–Como Adeline sería la primera en decírtelo, papá, solo era cuestión de encontrar la candidata correcta para llenar la posición clave –Sam la miró con los ojos brillantes–. ¿No es verdad, Adeline?

–Desde luego.

–Un brindis por Addy –gritó Mike–. Sam ha encontrado por fin a su media naranja.

Addy abrió los ojos. Un rayo de luna iluminaba la habitación y bailaba sobre el techo. Sus pensamientos la llevaron a los acontecimientos de aquel día. En tan solo veinticuatro horas su vida había dado un giro de ciento ochenta grados. Emilie estaba pasando la noche bajo la protección de su recién adquirida familia. A Emilie le había gustado Burgess. Pronto Addy se complacería en explicarle a su sobrina la relación que la unía con aquel hombre. La suegra de Addy había dispuesto que sería la joyera de las estrellas en cuanto sus amigas vieran y admiraran el collar que le había regalado.

La familia de Sam al completo le había abierto los brazos a Addy y a Emilie, como si fueran tesoros a los que había que cuidar y mimar, no cargas que soportar. Y cuando Addy le dio las gracias a Hannah, Cora, Phoebe y Belle por su apoyo, por la boda, por aceptarla y por perdonarle sus errores, se habían encogido de hombros y le habían dicho que para eso estaban las familias y los amigos.

Había entrado a formar parte de una familia maravillosa; y todo gracias a un hombre. El pulso empezó a latirle más deprisa.

–Te quiero –dijo en voz baja, apoyando la cabeza en el brazo y mirando al hombre que compartía su cama.

El cuerpo que estaba a su lado se movió.

–Me podría acostumbrar a esto –dijo el novio.

–¿Te he dado las gracias?

–¿Por qué? –Sam se puso boca abajo y apoyó la cabeza en el estómago de Addy–. ¿Por el placer que hemos compartido o por echar el cerrojo?

Addy se echó a reír mientras admiraba la bien formada cabeza que descansaba sobre su cuerpo.

–Por eso también, doctor. Pero en este momento estaba pensando en lo que pasó ayer por la mañana, y también por darnos a Emilie y a mí una familia tan cariñosa.

–Adeline, una mujer como tú siempre tiene a gente que la quiere –le acarició el muslo–. En realidad, si no fuera científico y no supiera que es imposible enamorarse locamente en tres semanas, juraría que estoy enamorado de ti.

–¿Cuánto tiempo crees que tarda uno en enamorarse perdidamente de otra persona?

–Si tuviera que adivinarlo, yo diría que tres semanas y unas horas –le besó el pecho con suavidad–. Pero creo que debo seguir investigando más a fondo.

Cuando Addy se despertó horas después estaba sola en la cama. Oyó un ruido y levantó la cabeza.

–¿Qué estás haciendo?

Sam rebuscaba en su bolsa.

–Acabo de acordarme. Cuando salimos por la puerta la abuela me dijo que me había metido un regalo de boda en esta bolsa –sacó una caja pequeña y se la pasó a Addy–. ¿Quieres abrirlo?

–Si quieres ayudarme, doctor Samuel Dawson.

–¿No te he dicho ya lo que te iba a hacer si no dejabas de llamarme así?

Addy lo miró y aleteó las pestañas.

–¿No eres tú el que siempre has dicho que los hechos valen más que las palabras?

Sam retiró la sábana.

–Me pregunto si alguien ha hecho alguna vez algún estudio clínico sobre los efectos afrodisíacos de las pecas.

–Quizá si estudias el tema a fondo, consigas un Premio Nobel.

Se metió en la cama junto a ella y empezó a acariciarla.

–Hoy he ganado un premio mucho más importante –pasados unos minutos, Sam se quitó de encima de ella–. ¡Ay! –la caja que le había dado Hannah se le estaba clavando en la cadera–. Aún no hemos abierto esto.

Sam quitó el lazo, abrió la caja y sacó un pequeño rollo de papel. Lo desenrolló, le echó un vistazo y empezó reírse. Addy le quitó el papel.

Hannah les había dado la carta que Sam había recibido en Boston. En la parte de abajo, alguien había escrito con letra temblorosa:

Algunas bodas se hacen en el cielo. Otras en el club de bridge de tu abuela.

Phoebe, Cora, Belle y Hannah habían firmado la carta.

–Qué frescura –exclamó Addy–. Encima van presumiendo de ello. Esto te demuestra que no tuve nada que ver con esa carta que recibiste. Ni siquiera sé jugar al bridge.

Por alguna razón sus palabras hicieron que Sam se riera aún con más ganas.

Addy le dio un codazo.

–No me hace gracia.

Sam se inclinó sobre ella.

–¿Estás enfadada? –antes de que ella pudiera contestar, él bajó la cabeza–. Addy, no te enfades –murmuró sobre sus labios–. Tú sabes que te quiero.

Acepte 2 de nuestras mejores novelas de amor GRATIS

¡Y reciba un regalo sorpresa!

Oferta especial de tiempo limitado

Rellene el cupón y envíelo a
Harlequin Reader Service®
3010 Walden Ave.
P.O. Box 1867
Buffalo, N.Y. 14240-1867

¡Sí! Por favor, envíenme 2 novelas de amor de Harlequin (1 Bianca® y 1 Deseo®) gratis, más el regalo sorpresa. Luego remítanme 4 novelas nuevas todos los meses, las cuales recibiré mucho antes de que aparezcan en librerías, y factúrenme al bajo precio de $2,99 cada una, más $0,25 por envío e impuesto de ventas, si corresponde*. Este es el precio total, y es un ahorro de más del 10% sobre el precio de portada. !Una oferta excelente! Entiendo que el hecho de aceptar estos libros y el regalo no me obliga en forma alguna a la compra de libros adicionales. Y también que puedo devolver cualquier envío y cancelar en cualquier momento. Aún si decido no comprar ningún otro libro de Harlequin, los 2 libros gratis y el regalo sorpresa son míos para siempre.

416 BPA CESL

Nombre y apellido	(Por favor, letra de molde)	
Dirección	Apartamento No.	
Ciudad	Estado	Zona postal

Esta oferta se limita a un pedido por hogar y no está disponible para los subscriptores actuales de Deseo® y Bianca®.
*Los términos y precios quedan sujetos a cambios sin aviso previo.
Impuestos de ventas aplican en N.Y.

SPB-198   ©1997 Harlequin Enterprises Limited

Bianca®...
la seducción y
fascinación del romance

No te pierdas las emociones que te
brindan los títulos de Harlequin® Bianca®.

¡Pídelos ya! Y recibe un descuento especial por la
orden de dos o más títulos.

HB#33547	UNA PAREJA DE TRES	$3.50 ☐
HB#33549	LA NOVIA DEL SÁBADO	$3.50 ☐
HB#33550	MENSAJE DE AMOR	$3.50 ☐
HB#33553	MÁS QUE AMANTE	$3.50 ☐
HB#33555	EN EL DÍA DE LOS ENAMORADOS	$3.50 ☐

(cantidades disponibles limitadas en algunos títulos)
CANTIDAD TOTAL $ _____
DESCUENTO: 10% PARA 2 Ó MÁS TÍTULOS $ _____
GASTOS DE CORREOS Y MANIPULACIÓN $ _____
(1$ por 1 libro, 50 centavos por cada libro adicional)

IMPUESTOS* $ _____

TOTAL A PAGAR $ _____
(Cheque o money order—rogamos no enviar dinero en efectivo)

Para hacer el pedido, rellene y envíe este impreso con su nombre, dirección
y zip code junto con un cheque o money order por el importe total arriba
mencionado, a nombre de Harlequin Bianca, 3010 Walden Avenue, P.O. Box
9077, Buffalo, NY 14269-9047.

Nombre: _____

Dirección: _____ Ciudad: _____

Estado: _____ Zip Code: _____

Nº de cuenta (si fuera necesario):_____

*Los residentes en Nueva York deben añadir los impuestos locales.

Harlequin Bianca®

CBBIA3

Los términos del contrato eran los siguientes:

Cláusula I: En todo momento y lugar, Rebecca Linden y Logan Brewster deben recordar que la relación que existe entre ambos es laboral... exclusivamente laboral.

Cláusula II: Aunque la señorita Linden esté viviendo en el hotel del señor Brewster durante la duración de esta transacción, ninguno de los dos pensará en exceso sobre lo fácil que puede resultar el acceso a las habitaciones... especialmente a la suite nupcial.

Cláusula III: En el caso de que, en algún momento, alguna de las dos partes se enamore de la otra parte, este contrato se declarará nulo. Cuando el corazón se mete por medio, cualquier cosa puede ocurrir...

Para siempre

Myrna Mackenzie

PÍDELO EN TU PUNTO DE VENTA

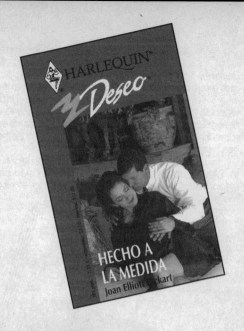

Cuando Brenda necesitaba un hombro fuerte
sobre el que llorar, alguien en quien apoyarse, él era
su hombre. El lazo de amistad que había entre
Richard y ella era irrompible. E inesperadamente,
compartieron una noche juntos.

Semanas más tarde, Brenda descubrió que estaba
embarazada. Y curiosamente, Richard pareció quedarse extasiado, deseoso, incluso ansioso por anunciar al mundo entero su embarazo. Pero su entusiasmo parecía estar centrado en el niño, no en Brenda.
Claro, ella era su mejor amiga, la madre de su hijo...
¿Pero sería alguna vez la esposa a quien él amara?

PÍDELO EN TU PUNTO DE VENTA